Agrégé d'histoire,
enseignant, Max Ga jours mené de front
une œuvre d'historien, d'essayiste et de romancier,
s'attachant à restituer les grands moments de
l'Histoire et l'esprit d'une époque. Il est aussi l'auteur
de biographies abondamment documentées sur de
grands personnages (Napoléon, de Gaulle, César,
Victor Hugo, Louis XIV, Jésus, François Ier). Avec
1940, de l'abîme à l'espérance (2010), il a initié une
grande histoire de la Deuxième Guerre mondiale,
achevée en 2012 avec *1944-1945, le triomphe de la
liberté*. Il est également l'auteur d'une histoire de
la Première Guerre mondiale, composée de *1914, le
destin du monde* (2013) et de *1918, la terrible victoire*
(2013). Tous ces ouvrages ont paru chez XO. Chez
le même éditeur, Max Gallo a publié ses mémoires,
L'oubli est la ruse du diable (2012), ainsi que, plus
récemment, *Machiavel et Savonarole : la glace et le
feu* (2015), *Dieu le veut : chronique de la première
croisade* (2015), *Richelieu : la foi dans la France*
(2015), *Moi, Charlemagne, empereur chrétien*
(2016), *Henri IV, un roi français* (2016). Son dernier
ouvrage, *1917 : une passion russe*, a paru chez XO
en février 2017.
Max Gallo a été élu le 31 mai 2007 à l'Académie
française, au fauteuil du philosophe Jean-François
Revel. Il s'est éteint le 18 juillet 2017, à l'âge de
85 ans.

HENRI IV

DU MÊME AUTEUR
CHEZ POCKET

MAX GALLO

de l'Académie française

HENRI IV

Un roi français

Pocket, une marque d'Univers Poche,
est un éditeur qui s'engage pour la préservation
de son environnement et qui utilise du papier fabriqué
à partir de bois provenant de forêts gérées
de manière responsable.

© XO Éditions, Paris, 2016
ISBN : 978-2-266-27985-7
Dépôt légal : mai 2018

« Tue ! Tue ! Il faut qu'il meure ! »

Cris lancés, à Paris, rue de la Ferronnerie, par un groupe d'une dizaine de spadassins qui viennent d'apercevoir, près du carrosse royal, Ravaillac, tenant à la main son couteau rouge du sang d'Henri IV, roi de France et de Navarre.

« C'est pourquoi, sire, la peur nous fait mettre à vos pieds, tremblotant de crainte, pour vous requérir justice, afin que cette paix si heureuse… et que vous avez jusqu'à présent heureusement continuée prospère de plus en plus… Je sais bien comme toute la France le croit que votre bon conseil, votre prudence, votre vertu nous conserveront sains et sauvés, tant qu'il plaira à la divine bonté vous maintenir en bonne santé et heureuse vie… »

Prêche prononcé devant le roi, par le père jésuite Gonthier, en 1609.

Le 14 mai, une religieuse de l'abbaye de Saint-Paul, près de Beauvais, fut trouvée en larmes, et dit : « Faites prier pour le roi, car on le tue. »

Le même jour, au couvent des Capucines, en entendant sonner la cloche de la chapelle, une autre religieuse fondit brusquement en larmes et dit à ses compagnes : « C'est la mort du roi qu'elle annonce. »

Le 1er mai 1610, l'arbre planté dans la cour du Louvre, à côté du petit escalier conduisant à la chambre du roi, tomba. En Italie, en Allemagne, on aurait pris cette chute pour un mauvais présage.

Henri IV, qui avait entendu la réflexion, répliqua :

« Il y a vingt ans que j'ai les oreilles battues de ces présages : il n'en sera que ce qui plaira à Dieu. »

PROLOGUE

Vendredi 14 mai 1610

Henri IV, ce vendredi 14 mai 1610, hésite.

Il vient de quitter Marie de Médicis.

La reine son épouse l'a accompagné dans l'antichambre de ses appartements. Elle s'est inquiétée.

Depuis plusieurs semaines, des mois même, les rumeurs de complots visant à tuer le roi viennent battre les murs du Louvre, les châteaux, les assemblées où l'on chuchote des secrets.

Le roi sait tout cela.

Il apparaît soucieux, mordillant comme il en a l'habitude ses lèvres. Il a murmuré aux proches qui l'entourent – il y a là le duc de Guise, le cardinal de Joyeuse, le duc d'Épernon :

— Vous ne me connaissez pas maintenant, vous autres. Je mourrai un de ces jours et quand vous m'aurez perdu, vous connaîtrez ce que je valais et la différence qu'il y a de moi aux autres hommes.

— Sire, ne sortez pas ce soir ! lui lance son fils naturel, le duc de Vendôme.

Henri IV paraît à nouveau soucieux. La cour du Louvre est pleine de jeunes femmes, de seigneurs, de capitaines, de gardes.

Le roi porte la main à son front :

— Mon Dieu, j'ai quelque chose là-dedans qui me trouble fort.

Puis il interroge :

— Quel jour est-on ?

— Le 15, répond un garde par erreur.

Henri aussitôt s'exclame :

— Ah j'ai donc passé le 14 qui me promettait du mal.

Il marche plus vite, joyeux. Mais la date est fausse. Nous sommes bien le vendredi 14 mai 1610, et il va être quatre heures de l'après-midi.

Henri IV s'arrête, regarde la fenêtre de l'antichambre, où souvent se tient la reine Marie. Il lui a dit avant de partir :

— Je ne fais qu'aller et venir, je serai de retour dans une heure.

Les capitaines qui sont à ses côtés demandent à l'escorter.

— Les rues sont pleines d'inconnus, dit le capitaine Vitry. Il y a des cavaliers qu'on n'y a jamais vus. Et beaucoup d'étrangers.

Le roi a un mouvement de mauvaise humeur.

— Il y a cinquante et tant d'années que je me protège sans capitaine des gardes, bougonne-t-il. Je me garderai bien encore tout seul.

Un autre capitaine – Praslin – ajoute :

— Pour le moins, sire, que je vous laisse mes gardes…

— Je ne veux ni de vous ni de vos gardes. Je ne veux personne autour de moi.

Le roi monte dans le carrosse, s'installe sur la banquette du fond, et loin de vouloir être seul comme il vient de le dire au capitaine Praslin, il fait signe à ses proches de le rejoindre dans la voiture et montre les places où il veut les voir assis. Le marquis de La Force est ainsi face au roi qui familièrement prend le duc de Montbazon et le duc d'Épernon par les épaules. Il ordonne au cocher de se rendre au carrefour de la rue Saint-Honoré et de la rue de l'Arbre-Sec. De ce lieu-dit Croix-du-Trahoir on se rendra au cimetière des Innocents.

Le roi fait relever les mantelets de cuir qui obturent les fenêtres du carrosse.

Il se penche, respire l'air léger du mois de mai, observe cette cohue qui a envahi la rue de la Ferronnerie. Des charrettes sont arrêtées sur le côté de la chaussée : on charge les tonneaux de vin, les gerbes de foin.

C'est cette venelle qu'empruntera le cortège de la reine Marie de Médicis qui fera ainsi son entrée dans la capitale.

On a décoré les façades, dessiné des arcs de triomphe, suspendu des tapisseries.

Henri IV paraît à la fois satisfait et impatient, inquiet même. Le carrosse est arrêté. Des cochers s'injurient, s'accusent d'avoir accroché leurs charrettes.

Les valets de pied qui se tenaient accrochés aux portières du carrosse royal sautent à terre, tentent d'ouvrir un passage, mais la foule est dense.

Personne ne semble imaginer qu'un criminel peut bondir de la foule.

Il peut sauter sur un rayon de l'une des roues, prendre appui sur le marchepied, et glisser son bras à l'intérieur du carrosse. Puis frapper ce roi que tant de complots depuis une dizaine d'années ont traqué, appelant au tyrannicide. N'a-t-il pas été – n'est-il pas toujours au fond de son âme – un hérétique ?

Or, un homme aux cheveux roux, au pourpoint vert, suit depuis le Louvre le carrosse royal.

Il suffit pour tuer d'avoir un long couteau à la lame effilée.

— Je suis blessé, crie Henri IV.

Mais sa voix s'étouffe déjà.

Il tente de se redresser alors qu'au contraire il s'affaisse, le pourpoint lacéré et rouge.

— Ce n'est rien, ce n'est rien, répète faiblement le roi.

Le marquis de La Force devine aussitôt ce qui vient d'avoir lieu.

Il a suffi de quelques secondes pour tuer le roi de France.

Il tente de glisser son bras sous la nuque et le dos d'Henri IV. Il sent la vie du roi qui se défait sous ses doigts. Le roi va comparaître devant le Seigneur.

Le marquis de La Force murmure :

— Ah sire, souvenez-vous de Dieu.

PREMIÈRE PARTIE

« Il faut qu'il meure. »

1.

« Tue ! Tue ! Il faut qu'il meure ! »

Ils étaient une dizaine de spadassins s'avançant en hurlant dans la rue de la Ferronnerie.

Ils entouraient deux cavaliers qui brandissaient leurs épées.

L'un de ces cavaliers s'est dressé sur ses étriers et, en faisant tourbillonner son épée, il a reculé, et les spadassins se sont mêlés à la foule qui refluait.

C'est à ce moment-là, dans cet après-midi du vendredi 14 mai 1610, que j'ai su que moi, Jean-François Ravaillac, j'avais tué le roi, cet hérétique relaps et paillard, ce monstre. J'avais entendu des soldats répéter, dans l'hôtel des Cinq-Croissants où je logeais, qu'Henri IV, le huguenot qui prétendait être roi de France et de Navarre, voulait faire la guerre au pape, s'emparer de Rome, et perpétrer une Saint-Barthélemy des catholiques le jour de Noël.

C'était moi, et non ce roi que les spadassins voulaient tuer.

J'ai eu une douleur vive, brûlante, pesante qui paralysait ma main et mon bras gauches.

Pour la première fois j'ai baissé la tête, vu mon poing couvert de sang, ce sang royal qui allait se perdre dans les fleuves de l'enfer.

J'aurais pu laisser tomber ce couteau dont la longue lame était rouge. Qui m'aurait vu ? J'aurais pu me glisser dans la foule. Mais mes doigts étaient crispés, et je n'ai même pas tenté de les desserrer.

Ce couteau c'était moi, moi seul sur l'injonction de Dieu qui l'avais planté dans la poitrine de l'hérétique roi qui devait mourir pour que le royaume de France soit celui de Dieu et non le butin d'un voleur d'âmes des sujets catholiques.

J'ai vu des gardes, des princes, des gentilshommes, des capitaines se précipiter vers moi et j'ai reçu à la gorge un coup provenant du pommeau d'une épée.

Quelqu'un cria :

— Ne frappez pas, il y va de votre tête !

On a arraché de ma main mon couteau.

On me traînait, on me donnait des coups dans les côtes.

Et j'ai ressenti la même émotion, la même délivrance qu'à l'instant où enfin ma lame s'enfonçait dans le corps de l'hérétique roi. J'avais donné trois coups, et le dernier n'avait dû percer que le tissu du pourpoint d'un de ceux qui avaient été dans le carrosse aux côtés du roi.

Il me semblait que j'étais dans un autre monde, si loin de ceux qui criaient, hurlant eux aussi comme les spadassins : « Tue ! Tue ! »

J'ai commencé à prier.

Dieu m'avait vu ! Dieu m'avait reconnu ! Il n'ignorait rien de ce que j'avais pensé, voulu faire depuis si longtemps. J'avais réussi et j'imaginais que tous ceux qui me voyaient étaient frappés par mon calme, ma sérénité.

Eux étaient la rumeur. Moi, la paix avait envahi mon corps. J'allais souffrir. On allait taillader mes chairs, me briser les membres.

Dieu connaissait les épreuves que j'allais subir pour lui être fidèle.

Et maintenant allait venir pour moi le temps du bourreau.

« Seigneur, je suis prêt.

Toute ma vie, mes trente-deux années de vie, je les ai mises à ton service.

J'ai été, je suis, je serai ton serviteur obéissant. »

2.

Dès mon enfance, je n'ai pas eu à choisir entre la juste foi, la vraie parole de Dieu, et les actes des bandes de huguenots.

Je suis né à Angoulême et notre cité ressemblait à un navire qui avait à faire face à des pirates montant à l'assaut du plateau sur lequel était bâtie la ville, serrée autour de sa cathédrale.

J'ai le souvenir des bandes protestantes qui, en nous promettant la mort, saccageaient les maisons les plus exposées à leurs attaques.

Je suis né dans l'une de ces maisons, en 1577. J'écoutais avec une colère mêlée d'effroi les récits de la dernière attaque des huguenots qu'après quelques jours de combat les Angoumois rejetaient.

Mais nous savions qu'il y aurait de nouveaux assauts.

Nous étions de ces familles composées de petits notables. Mon père Jean était « greffier de la mairie d'Angoulême et maréchal des logis d'icelle ».

J'étais pour lui comme un jeune clerc, et mes oncles et chanoines m'ayant enseigné la lecture, l'écriture, le calcul, le catéchisme, il m'employait.

Vers l'âge de douze ans, je fus mis au service de maître du Port des Rosiers, conseiller au siège présidial d'Angoulême.

J'étais attentif, partageant silencieusement les indignations de mes oncles.

J'appris ainsi, autour de ma dixième année, que le nouveau roi de France, Henri quatrième du nom, était un hérétique, qui avait à plusieurs reprises abjuré, se convertissant au gré des nécessités.

Les compagnons de mon père s'indignaient aussi, et je reprenais, lèvres closes, leurs indignations contre cet Henri IV qui avait conquis le royaume en devenant le complice d'Henri III, son cousin catholique. Et Henri IV lui avait succédé quand Henri III avait été assassiné par le moine Clément, qui fut soumis aux justes tortures.

Je tremblais souvent d'indignation, appelant sur la tête d'Henri IV toutes les malédictions. Et je me persuadais qu'un jour, Henri IV, qui se représentait comme converti à notre juste foi catholique, subirait s'il persistait dans l'hérésie un châtiment à la mesure de son hypocrisie.

J'étais d'autant plus pénétré de notre religion que ma mère m'enseignait les prières, que nous récitions d'une même voix durant la messe ou quand je m'agenouillais près d'elle, nos fronts appuyés sur le rebord du lit.

Je n'imaginais pas que la guerre que nous menaient les huguenots viendrait frapper à notre porte.

Mais mon père et des bourgeois ligueurs décidèrent de chasser le duc d'Épernon, qui gouvernait Angoulême, et soutenait Henri IV.

Mon père et ses compagnons ligueurs, certains que le duc d'Épernon voulait livrer leur ville aux huguenots, décidèrent de le tuer.

Personne ne prêtait attention à ma présence dans la pièce où ils préparaient leur irruption nocturne dans le château du duc.

Le complot échoua. Le tocsin sonna. Les prêtres, persuadés que les huguenots allaient attaquer Angoulême, s'enfermèrent dans la cathédrale.

En fait, mon père et ses ligueurs furent démasqués, arrêtés.

Une quarantaine d'hommes furent tués et les autres emprisonnés. Ce fut le tournant de mon enfance.

Je venais de découvrir que la lutte entre catholiques et hérétiques huguenots était impitoyable.

Je restais plusieurs jours recroquevillé dans notre maison. Mon père était enfermé dans l'un des cachots de la ville en compagnie des ligueurs survivants. Il eut la vie sauve, mais il fut chassé de son emploi de greffier.

Libéré, il ne fut plus que l'ombre de l'homme que j'avais connu.

Nous vécûmes de mendicité et mon père sombra dans l'ivrognerie. C'était, pour moi, l'illustration de l'impitoyable opposition entre ligueurs, catholiques, et huguenots hérétiques.

Au sommet de cette force qui broyait ma famille, il y avait celui qui prétendait être Henri IV, roi de France et de Navarre.

Dieu le punirait. Je pensais à ces martyrs catholiques qui avaient blessé Henri II, Henri III, à tous les autres qui avaient tenté de le faire.

Je m'exaltais à la pensée de leurs sacrifices. Tous avaient eu le corps brisé.

3.

Mon destin ne m'effrayait pas.

Dieu choisissait pour chaque homme la route qu'il devait suivre et tout au long de ce chemin, des épreuves attendaient celui que j'appelais le pèlerin, auquel je me comparais.

Et les lieux de prière ne manquaient pas.

Je contemplais en compagnie de mes oncles les ruines des couvents et des chapelles que les huguenots avaient détruits – incendiés – lors de leurs assauts.

Mes oncles racontaient, alors que nous traversions une campagne paisible, les saccages accomplis par les huguenots.

Ils s'agenouillaient, ils se signaient. Ils évoquaient les crimes commis par les hérétiques : l'amiral de Coligny, chef de leur armée, y avait assisté.

Et chaque fois ils racontaient le supplice infligé au vicaire de l'église Saint-Ausone, enfermé dans une caisse percée de trous par lesquels les huguenots avaient déversé de l'huile bouillante. Et ils m'apprenaient que le vicaire martyr appartenait à la famille Guillebaud apparentée à la nôtre !

Fallait-il que ces crimes demeurassent impunis ou au contraire devait-on exiger de ce souverain hérétique – personne autour de moi ne pensait à la sincérité de sa conversion au catholicisme – qu'il demandât à être pardonné par notre Sainte Église apostolique et romaine ?

Et s'il refusait, comment pouvait-on le considérer comme un roi légitime ?

J'ai partagé, en août 1589, l'indignation qui a emporté comme une tempête la nouvelle qu'Henri de Navarre était devenu roi de France et de Navarre après l'assassinat d'Henri III.

Les messes étaient suivies par les injures dont on accablait Henri IV. Tout mon corps frémissait et je mêlais ma voix à celle des fidèles rassemblés dans la nef de la cathédrale Saint-Pierre.

Et les neuf paroisses, les couvents des Cordeliers et des Jacobins étaient soulevés par la même indignation.

Regagnant notre maison, serrant la main de ma mère, je murmurais ce que j'avais entendu à la cathédrale, accablant à mon tour Henri IV d'injures. Il était parjure et renégat, un bâtard fils de putain, un huguenot, et cela valait toutes les condamnations.

Parlais-je trop fort ? Ma mère me demandait de me taire. Elle pressait mes doigts.

Dieu était le seul à pouvoir juger un roi.

Mais je répétais souvent, assez haut pour que ma mère m'entendît :

— Judas ! Menteur ! Hérétique !

En ce temps-là, j'ignorais encore le sens des mots « paillard », « incestueux ».

Mais je n'oubliais rien de ce que j'avais entendu.

Ces mots, ces accusations, il fallait bien que quelqu'un les crie au roi.

C'était justice, et si personne n'osait les lui hurler à la face, je le ferais.

Quelqu'un devait démasquer Henri IV, crier que ce roi était un hérétique, un faux catholique, et que le peuple des fidèles à la Sainte Église apostolique et romaine attendait que quelqu'un lui dise la vérité sur celui qui prétendait être le roi chrétien du beau royaume de France qui avait eu pour souverain Saint Louis !

Quelqu'un devait se sacrifier à cette tâche.

Et si ce quelqu'un, c'était moi, Jean-François Ravaillac ?

Je ne sais quand cette idée s'est infiltrée en moi, quand elle est devenue certitude et résolution.

Mais rien ne s'est fait, ne s'est décidé sans hésitation.

À Angoulême, j'étais toujours le petit clerc, mais j'avais changé de maître et celui que je servais maintenant était un procureur dont le nom m'échappe comme une truite à un pêcheur !

J'accomplissais les tâches que le procureur me confiait mais j'avais la gorge sèche, car je ne voyais aucun chemin s'ouvrir devant moi me désignant un destin, celui auquel je pensais chaque fois que j'apprenais une vilenie commise par le roi de France et de Navarre.

Alors, assoiffé, j'ai quitté Angoulême et j'ai vécu quatre années à Paris. Une auberge ici, une autre là, celle à l'enseigne des Quatre-Rats puis celle des Trois-Chapelets. Je dormais dans un coin de chambre elle-même occupée par deux femmes, seul logis à la hauteur de mes finances.

J'apprenais à connaître la rue de la Harpe, proche du Palais de Justice, et les rues étroites encombrées de charrettes et de carrosses. Je priais dans chacune des églises de ce quartier puis, rentré à l'auberge des Quatre-Rats, je priais encore, interpellant le Seigneur dont j'espérais qu'il me montrerait le chemin.

Une nuit, je fus réveillé par un hurlement, une supplique : « Ravaillac, Ravaillac mon ami, descends, je t'en supplie ! » J'ai reconnu cette voix, celle d'un pensionnaire.

Il a recommencé à crier, m'interpellant à nouveau, lançant un appel : « Mon Dieu, ayez pitié de moi. »

Au matin, le pensionnaire – Dubois – prétendit qu'il avait vu un énorme molosse noir poser ses pattes de devant sur le matelas qu'il occupait.

J'ai entraîné Dubois à la messe chez les Cordeliers.

Il fallait attirer le regard bienveillant de Dieu, afin qu'il nous aide à chasser les visions de Satan, comme il m'arrivait d'en avoir.

Ce soir-là, afin de le rassurer, je partageais la chambre de Dubois. Il me réveilla au milieu de la nuit. Il avait vu à nouveau le dogue noir, gigantesque. Je lui répondis que je n'avais rien observé de tel.

Nous retournâmes chez les Cordeliers, mais Dubois m'accusa de nier ce que j'avais vu. Et nous en restâmes là. Puis il m'accusa également de celer la vérité, d'avoir des visions maléfiques, et il laissa entendre que j'étais magicien et sorcier et que je communiquais avec le diable !

J'eus le sentiment d'avoir été pris dans un piège ! Heureusement, les Cordeliers me laissèrent sortir !

Il m'a semblé, alors que je marchais rue de la Harpe, que j'étais suivi, observé ! Des passants se retournaient. Étaient-ce mes cheveux roux, mon visage aux traits irréguliers ?

J'appris aussi que, dans l'année 1507, un prêtre de Montargis avait découvert sous la nappe d'autel de la grande église une enveloppe qui contenait le message suivant : « Un grand rousseau natif d'Angoulême doit avant qu'il soit trois ans tuer le roi d'un coup de couteau dans le cœur. »

On accusait le « grand rousseau » avec ses complices de piquer d'une longue aiguille une figurine représentant le roi !

J'ai ignoré cette accusation.

Et ceux des juges qui m'interrogèrent le premier jour après la mort du roi la connaissaient, mais ils ont vite refermé l'enveloppe.

J'étais « quelqu'un », mais sans doute pas celui qu'ils espéraient et attendaient.

4.

Ce chien, ce molosse noir avec ses énormes pattes, je ne l'ai jamais vu.

Et cependant, il s'est mis à habiter en moi.

J'ai tout tenté pour le chasser de ma tête, de mon cœur, mais il est resté là, dans ma poitrine.

Quand j'ai voulu en appeler aux voix de la Providence, quand j'ai supplié Dieu de chasser ce monstre noir au poil long qui me hantait, j'ai entendu cette voix céleste qui paraissait naître des bûches qui se consumaient dans l'âtre de la chambre.

Je n'ai plus quitté cette chambre.

J'attendais les voix de Dieu et de ses disciples. Ils allaient m'aider.

L'abbé Guillebaud, curé de Saint-André d'Angoulême, m'a remis, après avoir raconté une nouvelle fois comment les huguenots avaient brûlé, après l'avoir enfermé dans un caisson, l'un de nos parents – fier catholique, homme brave –, un cœur en velours, et il m'a dit d'une voix émue que ce « cœur de coton » contenait un morceau de la Vraie Croix. J'ai pleuré d'émotion et de joie.

Et si Dieu me donne encore un peu de vie, je raconterai ce qu'il est advenu de cette relique.

C'est ce jour-là, par la bonté de sire Guillebaud, parce que je voulais consacrer toute ma vie à Dieu, à l'Église sainte, que j'ai pris la décision d'entrer dans les ordres, pour être partie de la vie religieuse.

Je me suis présenté à la communauté des Feuillants, celle dont la devise respectait avec le plus de rigueur la pauvreté monastique : pauvreté, chasteté et obéissance.

Le père supérieur m'a accepté.

J'étais plein de confiance et je lui ai soumis les textes que j'avais écrits et où je disais ce qu'étaient ces visions qui me hantaient et ces « secrets de la Providence éternelle » que Dieu m'avait confiés. On m'a chassé de la communauté des Feuillants.

Chez les Jésuites de la rue Saint-Antoine, je n'ai pu rencontrer le père d'Aubigny, absent.

Et cet ordre religieux m'était fermé puisque j'avais déjà été membre d'une autre congrégation, celle des Feuillants. J'ai décidé alors de rentrer dans mon pays d'Angoulême.

Je n'ai pas reconnu notre maison de la paroisse Saint-Paul. C'était comme si j'avais, en face de moi, non pas la demeure où nous avions vécu, mais un mendiant recroquevillé, qui demandait l'aumône. J'ai voulu me persuader qu'il ne s'agissait que de l'une des visions qui me torturaient. J'ai interrogé les habitants de la paroisse.

Avant de me répondre, ils se sont signés.

Me craignaient-ils ?

Étais-je ce sorcier que Dubois avait dénoncé à Paris, rue de la Harpe ?

Ma tête devenait douloureuse, serrée par un anneau de fer qui écrasait mes tempes.

J'appris enfin que mes parents dépouillés avaient dû se réfugier dans le village de Magnac-sur-Touvre.

Puis mon père avait installé dans la petite maison où il vivait avec ma mère une femme qui faisait commerce de ses charmes.

Et bientôt mon père chassa ma mère.

Ce furent des jours diaboliques. Nous errions ma mère et moi. Nous reçûmes, des chanoines de Saint-André, en souvenir de mes deux oncles, quelques aumônes. Et je balbutiais des mots de gratitude !

Je fus chargé d'enseigner à quatre-vingts élèves les rudiments de la lecture, de l'écriture, du catéchisme. Était-il possible que je fusse ainsi, en quelques mois, devenu un malheureux démuni qui devait aider sa mère ?

Je m'endettai. On me condamna à la prison. Je vécus dans un cachot, me tenant debout et tremblant dans l'un des coins de cette cellule.

J'avais des hallucinations. Il me semblait que j'assistais à une messe chantée.

Puis Dieu sortit de l'âtre, me demandant de chasser du royaume de France le roi Henri IV, cet antéchrist, cet hérétique.

Ne fallait-il pas, me dit Dieu, que quelqu'un rendît sa foi à cette ville d'Angoulême, au royaume catholique de France ?

Quelqu'un ? J'interrogeais Dieu. Se chargeait-il de cette œuvre pie ? Je me suis agenouillé. Je voulais recueillir le plus mystérieux de ses soupirs, de ses paroles.

Étais-je ce quelqu'un qu'il attendait, qui recevait la tâche de chasser Henri le Quatrième, hérétique profanateur de notre religion ?

Tout mon corps a tremblé.

J'ai tenté de retenir mes épaules, mes bras, mes mains, mais mes membres ne m'obéissaient plus.

Était-ce pour moi le temps de tuer ce roi indigne ?

Tout à coup je me calmai.

Peut-être devais-je seulement m'adresser à celui qui prétendait être Sa Majesté, roi de France et de Navarre, peut-être m'entendrait-il et, avec l'aide de Dieu, lui imposerais-je l'obéissance à Notre-Seigneur. Et tous ceux qu'il avait trompés recouvreraient la paix, la foi, la vraie religion.

Je me suis vu, marchant en tête de cette immense foule de croyants. J'ai commencé à chanter les psaumes que j'avais appris enfant.

Et ma voix entonnant le *Dixit Dominus*, le *Miserere* et le *De profundis* emplissait mon corps et le cachot.

Ce roi, que je devais avertir, punir, deviendrait peut-être le souverain qui allait entraîner les armées de croyants à chasser les huguenots.

J'errais quelques jours à Paris, vivant d'aumônes, puis je repris le chemin d'Angoulême.

5.

J'ai cru que je rentrais à jamais dans mon Angoumois, dans ma ville d'Angoulême.

Dieu ne m'avait pas donné l'ordre de tuer le roi hérétique, le voleur de l'âme des catholiques.

Il fallait que j'essaie – comment ? – de convaincre les huguenots qu'ils devaient rejoindre les fidèles de la Vraie Croix.

Tout cela, et la neige qui tombait mêlée à la pluie, m'a cependant paru clair.

Rien ne l'était !

Mon père, ma mère, mon frère n'étaient plus que des ennemis se haïssant les uns les autres !

Qu'avais-je à faire parmi eux ?

Protéger et aider ma pieuse mère, la défendre contre son mari – j'avais honte de mon père ! – qui voulait lui arracher les derniers biens qu'elle possédait.

Mais dès le soir de mon arrivée, je fus entraîné par le brouillard dense de mes hallucinations.

Mon père pérorait, mettant en cause le roi hérétique qui rassemblait ses troupes.

J'avais vu ces longs cortèges de cavaliers, d'arquebusiers, de canons. Toutes ces troupes se dirigeaient vers les frontières de l'est du royaume, car, selon les convives, et mon père était celui qui parlait le plus haut, les huguenots allaient défaire les armées de la maison d'Autriche. Les Habsbourg avaient aidé les catholiques de France, les ligueurs, et le roi de France, le voleur d'âmes, allait aider les princes, les seigneurs protestants, en faire les maîtres des Habsbourg !

Je fermai les yeux, j'écoutais, je transpirais, je geignais.

J'étais à nouveau emporté, je guettais la parole de Dieu, la voix de la Providence.

L'impatience me gagnait ! Je devais me trouver là où le roi hérétique se trouvait, devant ce Louvre où je me devais d'entrer.

J'ai fait le guet devant les portes du Louvre.

Je me suis, tels les valets, assis sur les bornes de pierre qui ne pouvaient tolérer que le passage d'une voiture à la fois.

Je me suis dressé quand j'ai pensé, en voyant le salut des gardes, que la voiture qui se présentait à l'entrée du Louvre était celle du roi.

J'ai bondi, j'ai crié :

— Sire, au nom de Notre-Seigneur Jésus-Christ et de la Sacrée Vierge Marie je parle à vous...

La voiture est passée si vite !

Les gardes se sont saisis de moi ; les capitaines, et même les ducs, responsables de la sûreté du Louvre, ont donné l'ordre aux gardes de me fouiller.

J'ai entendu la voix du roi qui, passant devant la porte ouverte de son bureau, lançait :

— Ce sont des métarulatiques qui ont l'esprit troublé et s'imaginent avoir des visions. Qu'on le fasse fouiller. Si on ne lui trouve rien, qu'on le chasse et qu'on lui défende, sous peine des étrivières, d'approcher du Louvre et de ma personne.

J'ai à nouveau erré devant les portes et les abords du Louvre. J'ai demandé à rencontrer le père d'Aubigny, le jésuite que l'on admirait.

Il m'a écouté, l'émotion me serrait la gorge cependant que je lui lisais des phrases que j'avais écrites dans la nuit alors que Dieu venait de me visiter. Ma voix tremblait en m'adressant au père jésuite, à lui dont je connaissais l'autorité.

« Ôtez tout cela de votre esprit, a dit le père d'Aubigny. Ces visions sont pure imagination, vous devez vous arrêter à prier Dieu. Dites des chapelets ; mangez de bons potages et retournez en votre pays. »

J'ai voulu rencontrer d'autres grands personnages qui voyaient Henri IV plusieurs fois par jour. Mais ce fut infructueux. On ne me reçut pas ou bien on considéra que j'étais un halluciné.

Je ne pensais plus à tuer le roi ! Lui parler, essayer de le convaincre d'agir contre les huguenots, en France mais aussi dans les autres pays d'Europe, voilà quelles étaient mes visions, mes obligations !

Mais il m'a suffi d'entendre, dans une salle d'auberge, des soldats déclarer que c'était bien la papauté qu'Henri IV visait dans la guerre qu'il préparait contre les catholiques.

Comment ces hommes ne voyaient-ils pas que faire la guerre contre le pape, c'était faire la guerre contre Dieu, d'autant que le pape est Dieu et Dieu est le pape !

J'ai quitté l'auberge où je venais d'entendre ces propos, et c'est en courant que je m'en suis éloigné.

J'ai retrouvé l'hostellerie où j'avais séjourné lors de mon premier voyage à Paris.

La salle était pleine de soldats qui, de leurs grosses voix, évoquaient le prochain départ, la prochaine ouverture de la guerre.

Et rentré dans l'hostellerie, j'ai écrit sur un papier orné de deux lions :

« Ne souffre pas qu'on souffre en ta présence,
Au nom de Dieu aucune irrévérence. »

J'étais apaisé.

De ma main gauche j'ai caressé mon mollet.

J'ai senti sous le cuir des bottes la raideur du couteau de cuisine que j'avais dérobé dans un hôtel où je demandais une chambre.

On m'a répondu que toutes étaient louées.

J'ai gardé mon calme.

Sous mes doigts, j'ai senti la longue lame du couteau que j'ai volé, avant de sortir de l'hostellerie.

6.

Durant les quelques mois que j'ai passés à Angoulême, attendant que Dieu décide de la mission dont il me chargerait, j'ai voulu, pour chasser ces visions de brouillard, essayer de savoir combien étaient morts de ceux qui avaient voulu tuer le roi Henri IV, comme je le veux aujourd'hui.

Je vais donner les noms de ces héroïques : les régicides.

Ils forment un cercle autour de moi qui ne sais pas encore comment j'agirai.

Pierre Barrière, août 1593, écartelé.

Jean Chastel, 27 décembre 1594.

Chateaufort, janvier 1595, recherché.

Guignard, exécuté.

Vicaire de Saint-Nicolas, 10 janvier, pendu et brûlé en place de Grève.

Vardès, pousse au crime Pierre Barrière.

1er mars 1595, sept hommes exécutés.

Merleau, ancien prêtre, 2 mars, exécuté.

Un Espagnol, agent de l'Espagne, 19 janvier 1596, rompu vif.

Jean Guedon, agent espagnol, 16 février, pendu à Paris, corps brûlé.

Un Italien, agent de l'Espagne, 9 septembre 1596, exécuté.

Claude Marie, 4 janvier 1597, exécuté.

Pierre Ouin, chartreux, exécuté.

Ridicauve, agent du nonce de Paris, 11 avril 1599, exécuté en place de Grève.

Augier, jacobin, exécuté.

Nicolas Toul, jacobin, exécuté.

Je n'ai pu terminer cette liste, y inclure ceux qui mouraient en célébrant la beauté des îles, leur poésie lointaine.

Nicole Mignon, qui voulait empoisonner Henri IV, brûlée vive en place de Grève.

Un gentilhomme normand, accusé d'avoir piqué une effigie représentant Henri IV, décapité pour sorcellerie le 3 mai 1608.

Ces noms que j'ai agrégés, ces corps qui ont vu la tenaille du bourreau et dont j'ai imaginé la souffrance ne représentent qu'une pièce d'un écu, si peu quand je pense à ceux dont on a saccagé l'âme et le corps !

Les démembrés, les décapités, les brûlés vifs, les dépecés de leur vivant, les écorchés, ceux dont on a arraché la peau, crevé les yeux, brisé les membres, que représentent-ils dans l'océan des souffrances ? Et je n'oublie pas les corps décomposés, nus sur le champ de bataille. Et combien de champs de bataille ?

J'aurais voulu pouvoir ne jamais terminer cette énumération macabre. Mais j'entendais les pas grinçants du bourreau et de ses aides.

Que d'autres, oubliés, soient arrachés à l'anonymat de leurs souffrances.

7.

J'ai vécu la journée du vendredi 14 mai 1610 comme une marche à genoux, au milieu des cris de la foule qui voulait m'arracher aux soldats qui me gardaient.

Car mon acte était accompli.

J'avais tué le roi voleur et menteur, le roi hérétique, et je n'avais pas tenté de fuir. J'étais resté au milieu de la chaussée, le cou et ma main ensanglantés.

Les soldats qui entouraient la cage de fer où l'on m'avait enfermé s'interpellaient, ne se souciant pas de savoir si j'entendais ce qu'ils disaient.

L'un disait : « Le roi ne s'est pas trompé. » L'autre évoquait les prédictions des devins. Et tous avaient conseillé au roi de ne pas quitter le Louvre de la journée, car les devins voyaient ce vendredi 14 mai comme une date fatidique.

Un soldat répétait ce que le roi avait dit :

« Pardieu, je mourrai en cette ville et je n'en sortirai jamais. Ils me tueront, car je vois bien qu'ils n'ont d'autres remèdes que ma mort. Ah maudit sacre, tu seras cause de ma mort. »

C'est moi que Dieu avait chargé de cette mission ; moi, ce quelqu'un que personne ne connaissait. Et j'avais la plus écrasante charge que Dieu pouvait poser sur les épaules d'un homme.

Je portais la croix, mais la rose d'épines ne déchirait pas ma peau. Et j'avais en moi la fleur de joie parce que j'avais réussi à accomplir ce dont Dieu m'avait chargé.

J'ai appris dans la nuit le dessein de Dieu, et je m'y suis aussitôt préparé.

J'ai démêlé mes cheveux roux ! On me reconnaîtra : roux, telle est mon identité.

J'ai enfilé mon pourpoint. Il est de tissu vert et je le porte pour que flamboie cette couleur, mon acte, et que l'on me reconnaisse.

Mais quand je suis sorti de mon hostellerie, il était six heures du matin et les rues étaient désertes.

J'ai couru jusqu'à l'église Saint-Benoît pour y entendre la messe.

J'ai su que ce serait la messe de ma mort.

Et je me suis abîmé dans la prière.

Je me suis assis sur l'une des bornes de pierre qui contraignent les cochers à se suivre vers les portes du Louvre, dans un sens ou dans l'autre.

J'ai vu le carrosse du roi sortir du Louvre et je l'ai suivi, serrant de ma main gauche le couteau dont j'allais me servir. Car je ne doutais pas, puisque Dieu guidait ma main, de la réussite de mon acte.

Puis, je n'ai plus pensé, mais agi.

46

Un pied sur le rayon de la roue du carrosse, l'autre pied se posant sur la marche, et ma main se glissant dans la voiture et frappant un, deux, trois coups.

Maintenant je suis enfermé dans cette cage et j'achève de me confesser sous le ciel de Dieu, et face à ses sujets.

J'avais cru, avant, que la foule, apprenant ce que j'avais accompli, m'acclamerait. Mais au contraire, elle me montrait le visage de la haine. Elle voulait qu'on me livre à elle.

On m'écorcherait vif, on m'écartèlerait.

Je n'étais déjà, pour ceux qui m'accompagnaient en lieu du jugement puis de l'exécution, plus qu'une pièce de chair, un corps jeté sur l'étal du boucher.

Je ferme les yeux.
Il me reste à mourir.
Je remercie Dieu.

DEUXIÈME PARTIE

La paix intérieure et le grand dessein

8.

Le marquis de La Force prie, répète : « Sire, souvenez-vous de Dieu. »

Mais Henri IV n'est plus qu'un corps qui se raidit et le marquis est tenté de retirer ses mains, la mort s'étant déjà emparée de cette vie.

Mais, au contraire, il pèse sur le corps du roi afin de le maintenir à sa place alors que le carrosse dévale vers le Louvre, le cocher debout excitant les chevaux.

Quelques gentilshommes ouvrent la voie, éperonnant leurs montures, le carrosse bringuebalant d'un côté et de l'autre de la chaussée.

La Force a fermé les yeux. Il a la conviction que le roi a côtoyé depuis toujours une mort criminelle.

Sa mère Jeanne d'Albret – fille du roi de Navarre, princesse de ce territoire, nièce de François Ier de France – épouse à vingt-cinq ans le capitaine Antoine de Bourbon. Il appartient à la lignée glorieuse qui le fait descendre de Saint Louis. Antoine de Bourbon a trente-cinq ans. C'est un noble chevalier, combattant héroïque.

Ils ont un fils – né en 1551. Ils le confient souvent à une nourrice, qui fut la gouvernante de Jeanne. Jeanne de Navarre et Antoine de Bourbon se retrouvent non loin des lieux de bataille. Ils chérissent leur fils – titré duc de Beaumont – mais ils ont hâte de s'aimer.

Le 20 août 1553, le jeune fils de deux ans meurt étouffé par ses langes. « Laissez-le, disait la nourrice, il vaut mieux suer que trembler. »

Mort criminelle.

Elle n'efface pourtant pas la grossesse de cinq mois que porte, inquiète, anxieuse, Jeanne d'Albret.

Son grand-père (Henri) est lui aussi marqué par ce malheur qui remet en cause sa descendance de roi de Navarre et donc l'avenir dynastique de la Navarre.

Antoine de Bourbon partage cette angoisse.

Les parents ne peuvent que céder au roi de Navarre qui veut s'enraciner en Béarn. Jeanne d'Albret, quelques jours avant l'accouchement, s'installe dans le château de Pau.

L'enfant naît dans la nuit du 12 au 13 décembre 1553 entre une heure et deux heures du matin. Le roi de Navarre exulte en découvrant son petit-fils. La Navarre échappera ainsi aux Espagnols et, pour mieux préserver l'avenir de ce royaume amputé déjà par les Espagnols avec l'appui du pape de la ville de Pampelune, le roi de Navarre choisit de rallier les fidèles de la religion réformée.

Il baptise, à la béarnaise, son arrière-petit-fils qui porte le nom d'Henri, comme son grand-père. Il lui fait avaler la « première nourriture ». Il frotte une tête d'ail contre les lèvres de l'enfant. « Tu seras un vrai Béarnais », dit-il.

Le nourrisson reçoit le baptême chrétien le 6 mars 1554, dans la salle du trône du Béarn. Le roi de France est représenté par l'oncle du nouveau-né, le frère d'Antoine, Charles de Bourbon, cardinal de Vendôme.

Henri est ainsi l'héritier de la Navarre et du Béarn, bien davantage que peut l'être un Bourbon.

9.

Henri de Navarre, avant d'être cet héritier des Béarnais et des Bourbons, est d'abord un enfant qui, jusqu'à dix-huit mois, aura le corps, les membres serrés par des bandelettes ayant pour objet de lui épargner les chutes, les mouvements brusques.

Ainsi sont les mœurs. On l'attache à son berceau. On ne le « nettoie » qu'en fin de journée et le reste du temps, il macère dans ses déjections, si bien que son corps – comme celui des autres enfants qui partagent ce château, surveillés par des nourrices, des maîtres – dégage une odeur pestilentielle.

Tout au long de sa vie, il ignorera ainsi les règles élémentaires de la propreté. On est persuadé en cette fin du XVIe siècle que les corps des enfants sont protégés par l'urine et les matières fécales.

On lui accorde le droit de « bouger » quand, âgé de dix-huit mois, on l'habille d'une « robe ». Il peut ainsi se déplacer, se tenir droit, puisque la robe est maintenue ample par un cadre de bois, et des roulettes.

Quand il a l'âge de quitter le château où se retrouvent les fils des « seigneurs », son père Antoine de Bourbon, sa mère Jeanne, princesse béarnaise, le confient à une famille béarnaise, les Miossens.

Le père Miossens et son épouse Suzanne de Bourbon-Busset surveillent avec attention ce petit prince de deux ans. Les chroniqueurs décrivent Henri, mêlé aux enfants du village de Coaraze.

« Là où ce prince fut élevé et nourri dignement en prince, écrit l'un d'eux, il était conduit au labeur et mangeait souvent du pain commun, le grand-père – roi de Navarre – le voulant ainsi afin que de jeunesse Henri s'apprît à la nécessité. »

Mais « le bon roi Henri d'Albret » meurt le 24 mai 1555.

Le chroniqueur précise : « Le bon roi ne voulut pas que son petit-fils fût mignardé délicatement et celui-ci a été vu à la mode du pays parmi les autres enfants du village, quelquefois pieds nus, et les cheveux en désordre, tant en hiver qu'en été, une des causes pour lesquelles les Béarnais sont robustes et agiles singulièrement. »

La mort du « bon roi » grand-père modifie la situation des uns et des autres.

Jeanne – la mère – est couronnée reine de Navarre et Antoine « seigneur de sa femme ».

Henri, qui n'a en 1556 que deux ans et demi, est désigné comme capitaine d'une compagnie d'une cinquantaine d'hommes d'armes. On lui confie des documents à signer, des représentations lors des visites officielles.

Mais la « mort criminelle » frappe à nouveau.

Jeanne et Antoine perdent deux autres enfants : une fille – de quinze jours –, Madeleine, décède. Le 25 avril 1556, un an plus tard, c'est le plus jeune frère qui succombe.

Jeanne veut qu'Henri reste fidèle à la religion réformée, celle qu'a choisie pour les Béarnais le roi de Navarre.

Le 16 octobre 1562, Antoine de Bourbon est tué alors que les armées protestantes font le siège de Rouen tenu par les Anglais.

Henri de Navarre est ainsi, en cette fin d'année 1562, un enfant de neuf ans auquel les circonstances ont brûlé le cœur et arraché toute certitude religieuse.

On s'inquiète à la cour du destin des jeunes princes. Ils sont placés sous surveillance et le père d'Henri, abjurant le protestantisme, veut que son fils rejoigne le catholicisme.

Béarnais têtu, fidèle à sa mère et à son grand-père, attaché à la mémoire de son père, Henri est doublement orphelin.

10.

Héritier, orphelin ? L'enfant est sur ses gardes.

Il est silencieux quand Catherine de Médicis l'interroge.

C'est la reine, mariée à quatorze ans au roi de France Henri II, puis, à la mort de ce dernier, devenue reine mère – de Charles IX – et régente.

Elle observe – surveille – particulièrement cet enfant de neuf ans qui sera, si Dieu le veut, héritier des protestants.

Elle s'inquiète quand elle mesure l'influence qu'exercent les précepteurs qu'a choisis Jeanne – la mère d'Henri – et le rayonnement de l'amiral de Coligny, chef du parti protestant.

Alors Catherine de Médicis interroge Henri, tente de lui arracher la promesse qu'il sera fidèle à l'Église de Rome, et qu'il se défiera de ceux qui veulent faire de lui un hérétique, un réformé, un protestant, un huguenot.

Mais Henri de Navarre ne cille pas.

Il sait que le « parti catholique », celui des Guises, ne le quitte pas des yeux. Que ces catholiques n'accepteront jamais qu'un protestant – pourquoi pas lui, Henri – devienne roi de France.

Henri se défie donc de ces « papistes » et de la reine Catherine de Médicis.

Elle voudrait le charmer. Elle le flatte.

Peut-être veut-elle que la paix s'établisse entre protestants et catholiques ? N'a-t-elle pas choisi comme chancelier, en 1560, Michel de L'Hospital ? Et n'est-ce pas un choix de raison et de tolérance, puisque ce chancelier est un homme de mesure, soucieux de faire comprendre à Henri de Navarre qu'il veut – et la reine mère a fait ce choix politique en distinguant Michel de L'Hospital – que la paix règne sur le royaume de France ?

Henri de Navarre écoute, baisse la tête comme s'il approuvait, mais il ne va pas au-delà. Il ne fait confiance qu'à sa mère, Jeanne d'Albret.

Catherine de Médicis a tenté de la séduire, de la désarmer. C'est elle qui a laissé Jeanne choisir les précepteurs pour Henri.

Les quatre sont des huguenots, hommes ouverts au mouvement des idées. La Gaucherie, le plus illustre d'entre eux, enseigne à Henri le latin et le grec, lui fait découvrir les historiens romains. Henri de Navarre devient grand lecteur de la *Vie des hommes illustres* de Plutarque.

Jeanne veille méthodiquement sur l'enseignement que reçoit son fils.

Elle participe au mouvement humaniste qui condamne la corruption, les mœurs des papes, des cardinaux.

Jeanne est à l'œuvre. Elle répète :

« Je n'entends pas que mon fils soit un âne couronné, un illustre ignorant. »

Elle écrit à Henri de Navarre des lettres comminatoires. Elle martèle qu'il ne doit jamais aller à la messe et que « s'il ne lui obéissait en cela, il pouvait être sûr qu'elle le déshériterait ».

Henri de Navarre se tient coi, sans jamais désavouer sa mère ou donner raison à la régente Catherine de Médicis. Et ce n'est pas la menace d'être fouetté qui le fait changer de comportement.

Quand il apprit que son père, Antoine de Bourbon, ralliait le camp catholique, bannissant Jeanne de la cour de France, il a résisté aux pressions que l'on a exercées sur lui. Mais il n'a jamais condamné son père ou fait un commentaire.

Quand il a appris qu'Antoine de Bourbon avait été tué devant Rouen, il s'est enfermé dans le silence, manière de rester fidèle à son père. Certes, il s'est replié sur sa tristesse mais, alors qu'on le tentait, il n'a pas plié. Il était huguenot, mais avançait avec prudence, ne faisant jamais état de ses choix : fidèle à son ascendance et à sa descendance, veillant à respecter la foi des autres sans jamais proclamer avec insolence son propre engagement.

Mais chacun à la cour comprenait qu'Henri de Navarre avait des convictions profondes qu'il n'abandonnerait jamais sous la menace ou la contrainte. À moins qu'il choisisse un camp qui fasse de lui le roi de France et non plus seulement le roi du Béarn.

D'ailleurs sa situation change. Il est élève – avec d'autres fils de « princes » – au collège de Navarre, le plus prestigieux de Paris avec le collège de la Sorbonne.

Des maîtres réputés y enseignent. C'est dans l'un ou l'autre que se forment les « élites ». Les élèves de la cinquantaine d'autres collèges que compte l'université de Paris n'accèdent pas à ces institutions remarquables, recherchées.

Les élèves y portent un uniforme, et parmi eux se trouvent des « boursiers ». Mais ceux-ci n'avaient droit qu'à des repas frugaux et un « uniforme » gris qui faisaient d'eux, même s'ils bénéficiaient des cours magistraux, de futurs subalternes.

Les « fils de princes » formaient un groupe distinct des autres « étudiants ».

Henri de Navarre tenait sa place – souvent la première – dans le groupe « princier ». Tous ceux-là savaient qu'ils étaient destinés aux premiers rôles, qu'ils seraient sans doute concurrents, et que leur rivalité ferait l'histoire du royaume.

Cependant, les entourages, précepteurs, membres de la « Maison », veillaient à défendre leur prince.

Un ambassadeur note dans sa dépêche du 15 mai 1563 : « Il y a eu une escarmouche en parole et en geste entre le prince de Navarre et le jeune Guise, pour laquelle ils ont été châtiés. Certains pensent que ces deux tempéraments s'accorderont difficilement par la suite. »

En fait, ce « groupe princier », où tous étaient autant rivaux que solidaires, constituait la cour de France.

C'était la plus riche d'Europe, capable de rassembler huit mille chevaux dans un cortège flamboyant qui parcourait la France, attirant le long des chemins des milliers de « sujets » qui se pressaient dans les rues et sur les places des villes. Ils s'agenouillaient, implorant, acclamant, et admirant le roi.

Ces cortèges royaux traversaient le royaume, fascinant les sujets du roi qui n'avaient jamais l'occasion de le voir. La cour permettait ainsi de nouer des liens entre le souverain, la noblesse, et les pouvoirs locaux.

C'est ainsi que, dès l'enfance, Henri de Navarre imposa son rôle en restant fidèle à ses origines et en participant au rituel des cérémonies et des voyages.

Il était, comme tous les sujets du roi, fier d'être de ce royaume.

Il était, comme le peuple, ébloui par la richesse, le faste de la cour.

« C'était une très utile manière d'attirer par honneur et ambitions les hommes à l'obéissance », écrivait Montaigne.

11.

Mais qui peut faire obéir Henri de Navarre, cet adolescent qui n'a pas treize ans et qui sait que ses lendemains sont esquissés ? Il sera roi de Navarre, prince à tout le moins.

Il croit d'autant plus à cet avenir « princier » qu'il est conscient des attentions, des flatteries que lui prodigue la reine mère Catherine de Médicis.

Quand elle organise (elle est la mère de dix enfants !) un long voyage en France – qui mobilise quinze mille chevaux ! –, elle veille à placer Henri de Navarre près d'elle. Et il est ainsi acclamé à son côté quand le cortège royal traverse Lyon, Bordeaux et les villes du Sud-Ouest – Mont-de-Marsan, Dax, Bayonne... Et Henri de Navarre assiste aussi aux entretiens entre le duc d'Albe – proche de Philippe II – et Catherine de Médicis.

Il est à son aise parmi les princes, ou quand il devise avec Charles IX, roi de France. Il est de toutes les activités de la cour. Il est adroit, vigoureux. Il aime la chasse au cerf et au daim quand la cour séjourne en Île-de-France. Il participe à de longues parties de jeu de paume, mettant toute son énergie à vaincre ses partenaires, et notamment le roi de France. Et on enseigne la guerre à ces jeunes gens qui auront à commander des armées.

On se bat déjà, en Normandie, là où la mort est venue faucher le père d'Henri de Navarre, Antoine de Bourbon.

Henri retrouve sa mère Jeanne qui, entourée de deux cents cavaliers, rejoint le cortège royal à Mâcon le 1er juin 1566.

Jeanne est – comme ceux qui l'entourent – vêtue de noir, à la mode huguenote. Des incidents opposent les catholiques à cette troupe de réformés. Et Catherine de Médicis veille au comportement de ces huguenots hautains.

L'ambassadeur d'Espagne – comme celui de Venise – note dans ses dépêches les « gestes belliqueux et les paroles insolentes » que manifestent les protestants quand passe le Saint-Sacrement.

« On a absolument défendu à la mère d'Henri de Navarre les prêches en cour et on a parlé de châtier les gens qui n'avaient pas fait démonstration de révérence au Saint-Sacrement le jour de la Fête-Dieu… »

Catherine de Médicis refuse d'autoriser Henri de Navarre à quitter la cour de France avec sa mère pour s'installer dans les terres du Béarn. Mais Henri de Navarre obéit à sa mère, et quitte la cour de France. Catherine de Médicis s'emporte et l'ambassadeur d'Espagne note qu'elle a déclaré, le 13 février 1567, que « Jeanne est la créature la plus dévergondée du monde ».

La famille de Navarre est donc rassemblée à Pau, persuadée que Catherine de Médicis se vengera, organisant un enlèvement, un complot ou un empoisonnement.

Ne sont-ce pas là les habitudes florentines des Médicis ?

Au vrai, c'est un soulèvement qui se produit et c'est l'occasion pour Henri de Navarre de prendre avec Condé la tête des troupes béarnaises fidèles à Jeanne, princesse du Béarn. Les insurgés béarnais veulent retourner à leur religion catholique alors que Jeanne impose autoritairement le respect du culte huguenot, choisi par le grand-père, roi de Navarre, avant de mourir.

« Jeanne d'Albret, pour éteindre le feu de cette décision avant qu'il se fût embrasé davantage, rassembla promptement la noblesse et les compagnies des paysans de Béarn et envoya en Navarre le prince son fils avec quelques pièces d'artillerie… »

Placé à la tête de l'une des troupes huguenotes, Henri s'adresse à ces paysans, expliquant qu'il leur servira de bon avocat « auprès de la princesse Jeanne ». Henri s'exprime en français et un interprète traduit son discours en basque. Il se promet d'apprendre cette langue… la sienne !

Jeune chef militaire, il harangue ces paysans béarnais qui ont choisi de s'opposer à la sédition. Tout l'enthousiasme dans cette confrontation militaire, la première à laquelle il se trouve mêlé. Il faut se battre contre les troupes catholiques de Guise et Montpensier.

Henri de Navarre et le propre fils de Condé sont installés à Cognac. Le prince de Condé, lors des combats, est abattu d'un coup de pistolet dans la tête, la balle sort au-dessus de l'œil. Brantôme célèbre sa mémoire, et cette épitaphe émeut Henri de Navarre. Il est de ce pays. Il récite les vers de Brantôme :

L'an mille cinq cent soixante-neuf
Entre Jarnac et Châteauneuf
Fut porté mort sur une ânesse
Celui qui voulait ôter la messe.

Henri n'est plus un adolescent.

Le voyage royal en France, la guerre, les résistances qu'il a dû opposer aux manœuvres de Catherine de Médicis, la nécessité d'associer intimement la négociation et l'affrontement avec les opposants, à être, en somme, le chef qui sait rompre et négocier, ont changé Henri de Navarre.

L'adolescent qui paraissait être un prince prêt à plier est devenu un jeune seigneur décidé à enfourcher son destin.

12.

Son destin ?

Henri de Navarre y songe à chaque instant sans jamais laisser apparaître qu'il rêve souvent à devenir roi de Navarre, et pourquoi pas, mieux encore, roi de France.

Henri sait qu'il lui faut dissimuler ces ambitions. À la cour de France, on l'épie.

Les princes catholiques, les ligues qui tiennent Paris en jouant de leur clientèle – un Guise sera roi, pense-t-on – se méfient de ce prince béarnais. Ils sont prêts à le combattre puisqu'il est protestant et que ce huguenot se dérobe chaque fois qu'on l'incite à se convertir, à rompre avec les idées de Jeanne sa mère.

Il ne répond jamais clairement et Jeanne l'invite à rester fidèle à sa foi réformée. Elle le lui ordonne dans chacune des lettres qu'elle lui adresse.

Elle est fière de lui.

Dans cette cour de France où les princes font assaut d'élégance et d'ambition, on a remarqué qu'Henri de Navarre veillait lui aussi au choix de ses vêtements, n'hésitant pas à porter colliers, pourpoints de soie, bijoux, boucles d'oreilles.

Jeanne d'Albret, quand elle observe son fils, tressaille d'émotion.

« L'on ne peut croire à votre grandeur dans cette cour, dit-elle. Quant à moi je pense que vous êtes de la grandeur de M. le duc d'Anjou qui peut un jour devenir Henri III roi de France. »

Mais les chroniqueurs sont plus réservés.

« Henri n'est pas grand, écrit l'un d'eux, mais il est bien fait. Sans barbe encore, il a les cheveux noirs, l'esprit vif et hardi comme celui de sa mère, cette huguenote de Jeanne d'Albret. »

Les jeunes princes de la cour de France se méfient de ce huguenot béarnais. Catherine de Médicis pense ouvertement à lui pour l'un de ces mariages qui sont des choix politiques.

Et cet Henri de Navarre peut devenir l'époux de Marguerite de Valois – celle qu'on nomme la reine Margot – qui est fière, catholique, jeune fille de dix-huit ans d'une beauté rare, jugée comme l'un des partis les plus prestigieux de la cour de France.

Henri de Navarre est à l'affût des rumeurs et des confidences.

Il lit et relit les lettres de sa mère. Il est attiré par Marguerite de Valois, sensible à sa rayonnante beauté.

Il note que les jeunes seigneurs viennent à lui. Certains le félicitent quand ils apprennent que la reine Élisabeth d'Angleterre, la « Grande Élisabeth », déclare qu'elle est sensible à la personnalité d'Henri de Navarre.

Elle est célibataire, antipapiste, décidée à ne pas céder à l'Église catholique et à bâtir une Église « anglaise », fidèle au royaume d'Angleterre et à sa souveraine.

Ce serait avec la France huguenote – celle d'Henri de Navarre – une alliance qui s'imposerait aux autres puissances : l'Espagne, la papauté, les princes catholiques allemands du Saint Empire romain germanique.

Mais ce « mariage » anglo-français sous l'égide d'un roi huguenot ne satisfait ni Catherine de Médicis, ni Jeanne, la mère d'Henri de Navarre.

Quant à Marguerite de Valois, elle se montre à jamais opposée à un mariage « protestant ». Elle est catholique jusqu'au cœur de son âme. Elle n'abjurera jamais.

Henri de Navarre est lui aussi hostile à l'alliance « franco-anglaise » et ce qu'elle implique : le mariage Henri-Marguerite.

On lui rapporte les propos tenus par Marguerite lorsque Catherine de Médicis a évoqué sa situation :

« Je lui dis, raconte Marguerite, qu'évoquer cette question était chose superflue, n'ayant volonté que la sienne, qu'à la vérité je la supplierai d'avoir égard combien j'étais catholique et qu'il me fâcherait fort d'épouser personne qui ne fût de ma religion. Après, la reine allant en son cabinet m'appela et me dit qu'on lui avait proposé ce mariage et qu'elle en voulait bien savoir ma volonté ; à quoi je répondis n'avoir ni volonté ni élection que la sienne et je la suppliais de se souvenir que j'étais fort catholique. »

Henri pressent que ce qui se débat entre Catherine de Médicis, reine mère, fervente catholique, et ceux qui veulent un mariage « huguenot » va orienter son destin, et même le sort du royaume de France, de Béarn et de Navarre.

Jeanne sa mère – reine de Navarre – lui écrit, puis arrive à la cour de France. Elle veut rencontrer Marguerite de Valois, cette reine Margot que l'on dévore des yeux tant sa beauté fascine.

Jeanne a favorisé le départ d'Henri de Navarre qui, ayant réussi à échapper à la surveillance des gardes au service de la reine Catherine de Médicis, se réfugie au Béarn, dans son royaume ! Là il est sûr qu'il ne se laissera pas séduire par les deux femmes catholiques, Catherine de Médicis et Marguerite de Valois. Henri n'abandonnera pas sa religion.

Il répond à sa mère, après avoir reçu des lettres le mettant en garde :

« J'ai bien vu par votre discours qu'ils ne tendent à rien sinon qu'à me faire aller à la cour pensant me séparer de la religion et de vous ; mais je vous supplierai de croire que, quelque embûche qu'ils me puissent dresser pour ce fait, ils ne gagneront, car il n'y aura jamais plus obéissant fils à mère que je vous serai. »

13.

Accord conclu à Blois.

Le mariage aura lieu le 18 août 1572, et on célébrera la paix de religion le jour de la Saint-Barthélemy.

Les rumeurs – la colère aussi – s'infiltrent dans Paris. La foule est catholique, elle applaudit le duc de Guise et ses fidèles qui prétendent que Jeanne d'Albret veut que son fils Henri de Navarre abjure la religion catholique au bénéfice de la religion réformée.

Mais du côté des huguenots, dont un grand nombre se sont rendus à Paris pour participer aux fêtes multiples, l'on se félicite qu'Henri de Navarre assure qu'il restera fidèle à la religion réformée de sa mère Jeanne, princesse de Navarre.

Alors qu'il est en route pour Paris, un courrier lui apprend que Jeanne d'Albret est morte le 9 juin 1572 au matin.

« J'ai reçu en ce lieu, écrit Henri, la plus triste nouvelle qui m'eût pu advenir en ce monde, qui est la perte de la reine, ma mère, que Dieu a rappelée à soi ces jours passés, étant morte d'un mal de

pleurésie qui lui a duré cinq jours et quatre heures...
Je ne vous saurais dire en quel deuil et angoisse
je suis réduit, qui est si extrême qu'il m'est bien
malaisé de le supporter. Toutefois je loue Dieu de
tout. »

Après avoir assisté à l'inhumation de sa mère à
Vendôme, Henri roi de Navarre entre dans Paris.
La foule a envahi toutes les rues. Elle s'exclame
devant la beauté, l'élégance, la prestance de ce couple
dont la jeunesse – ils ont l'un et l'autre dix-neuf ans –
flamboie.
Les Parisiens en oublient leurs inquiétudes, leurs
accusations. Ne dit-on pas que Catherine de Médicis a
offert à Jeanne d'Albret une paire de gants empoison-
nés ? Le couple juvénile est si séduisant qu'il emporte
le 17 juin, jour de la célébration des fiançailles (Henri
et Marguerite ne dorment pas cette nuit-là sous le
même toit), toutes les réticences et tous les soupçons
de machinations, de complots.

Marguerite de Valois se souvient de l'élégance
éblouissante des tenues nuptiales. Elle écrit :
« Le roi de Navarre et sa troupe y ayant laissé
et changé le deuil en habits très riches et beaux...
moi habillée à la royale avec la couronne, la couette
d'hermine mouchetée qui se met au-devant du corps,
toute brillante de pierreries de la Couronne, et le grand
manteau bleu à quatre aunes de queues portées par
trois princesses... »

On chante la messe – elle dure plusieurs heures –,
Henri de Navarre se tient à l'extérieur de l'église.

Il n'y entrera que pour accompagner Marguerite jusqu'au chœur et se retirera dès lors que la reine Margot se sera prosternée à genoux.

14.

La foule parisienne murmure. Les proches du duc de Guise, les ligueurs, s'inquiètent, enragent.

Henri ne s'est pas comporté comme un roi catholique mais comme un huguenot qui va abjurer sa foi catholique. Il est l'âme du complot protestant, affirme-t-on. On s'indigne de la présence de si nombreux chevaliers huguenots, arrivés de leurs provinces pour saluer leur roi, Henri de Navarre.

On dénonce l'attitude de l'amiral de Coligny et du prince de Condé, tous deux protestants et chefs militaires des armées huguenotes. Ils sont la preuve des menaces huguenotes contre les Parisiens, les catholiques.

On se tourne vers le duc de Guise qui, avec sa Ligue, est seul capable de défendre la religion vraie et de punir et chasser les huguenots.

Le feu couve à Paris, en cette matinée du vendredi 22 août 1572.

Tout à coup une détonation brise le silence de ces heures matinales. L'amiral de Coligny, qui rentrait chez lui, est tombé dans une embuscade. Il n'est que blessé au bras par l'arquebusade.

Cependant qu'on porte l'amiral jusqu'à sa demeure, les huguenots affirment que le coup de feu a été tiré d'une maison qui appartient à un proche des Guises. Ils sont persuadés que le guet-apens a été organisé et exécuté par Charles de Maurevert, fidèle des Guises.

On l'aurait aperçu fuyant Paris après l'attentat contre Coligny. Le duc de Guise a sans doute voulu venger la mort de son père, François de Guise, abattu par les hommes de l'amiral de Coligny.

Ne dit-on pas, en outre, que Coligny prépare une guerre contre l'Espagne ? Tuer Coligny, c'est empêcher le déclenchement de la guerre aux Pays-Bas espagnols.

Le roi de France Charles IX est persuadé que les partisans de Guise sont responsables de l'attentat.

Il ordonne la fermeture des portes de Paris, dans le dessein de se saisir de Maurevert. Charles IX se rend même auprès de Coligny, lui promettant de se saisir de Maurevert et de le faire « exécuter par justice ».

Il va jusqu'à faire protéger la maison de Coligny par les hommes de sa garde.

Mais Henri de Navarre rapporte que les hommes des Guises se préparent à faire face aux huguenots dont ils affirment qu'ils veulent attenter à la vie du roi et de la reine mère.

Les huguenots, présents à cette réunion de leur parti, se divisent. Les uns veulent quitter Paris ; les autres, au contraire – et, on le sait, Henri de Navarre est de leur avis et son autorité n'est pas discutée, il est leur chef –, doivent faire face aux fidèles des Guises, défendre leur honneur, et ne pas s'enfuir.

Les ligueurs sont eux aussi rassemblés.

Le duc de Guise craint un « coup de force des huguenots ». Le roi de France hésite. Puis tout à coup, il cède aux plus résolus des catholiques.

On massacrera les huguenots restés à Paris. Le tocsin sonnera quelques minutes avant minuit le 23 août 1572.

La décision est communiquée aux catholiques. Ils doivent nouer un foulard blanc au bras gauche, et une croix au chapeau. Ils sauront l'heure de l'exécution par la grosse cloche du palais. Et il faudra qu'ils mettent « le feu aux fenêtres ».

Le premier tocsin sonne peu après.

15.

Henri de Navarre veut sauver sa vie et depuis que le tocsin sonne, il sait ce qui va advenir.

Les ligueurs catholiques massacreront ses frères huguenots. Ils lâcheront les brides à cette mort criminelle qui va envahir les rues de Paris, forcer la porte des domiciles, égorger, éventrer.

Rien ne pourra arrêter ces tueurs. Les enfants seront traqués : on tuera les uns, on martyrisera les autres. Certains seront assassinés sous les yeux de leurs parents, dans leur lit même.

Henri, accompagné de quelques gentilshommes, se rend au Louvre. Là il peut échapper aux catholiques ligueurs qui, exaltés, la bave coulant de leurs bouches, vont tuer tous ceux qui paraissent être des huguenots.

Et le roi Charles IX, et la reine mère Catherine de Médicis laisseront faire.

Tout en glissant le long des façades pour ne pas être vu, Henri de Navarre écoute le récit d'un témoin du massacre de l'amiral de Coligny.

Les portes de la demeure de Coligny ont été forcées. L'amiral était couché. Le sang de sa blessure a taché les draps du lit. Des ligueurs l'ont achevé, l'ont précipité par la fenêtre. Les tueurs au foulard blanc serrant leur bras gauche se sont précipités et ont commencé, avec l'aide d'enfants, à dépecer le corps de l'amiral.

« On coupe toutes les parties de ce corps qui se peuvent couper. Surtout la tête qui sera envoyée à Rome. Ils le traînent par les rues, le jettent à l'eau, l'en retirent pour le pendre par les pieds à Montfaucon, et allument quelques flammes dessous, pour employer à leur vengeance tous les éléments. »

Henri de Navarre approche du Louvre.

Les rues sont des vallées de cris.

« Par les reniements de ceux qui se rencontraient au meurtre et à la proie, on ne s'entendait point par les rues ; l'air résonnait des hurlements des mourants ou de ceux qu'on dépouillait à la mort ; les corps déhanchés tombaient des fenêtres ; les portes cochères et autres étaient bouchées de corps achevés ou languissants… On ne pouvait dénombrer la multitude des morts, hommes, femmes et enfants, quelques-uns sortant du ventre des mères. »

Cette épidémie de mort criminelle affole Charles IX et Catherine de Médicis.

Le roi essaie d'arrêter le massacre, à Paris mais aussi en province, qui n'est que la réplique de ce qui vient de se produire à Paris. Charles IX et Catherine publient une déclaration solennelle où l'on proclame qu'il faut « faire cesser la sédition et faire dire par ses hérauts, aux carrefours de la ville de Paris, que chacun doit s'arrêter et laisser en paix toute personne sans tuer ».

Henri est rentré au Louvre et a gagné les appartements de la reine Margot, son épouse.

Les huguenots sont accueillis par Marguerite qui s'en va supplier le roi de sauver M. de Miossens, qui avait jadis accueilli l'enfant Henri de Navarre.

Charles IX se laisse fléchir, mais Henri de Navarre est persuadé qu'on a voulu le tuer, comme tous les autres grands huguenots.

Henri de Navarre sait que pour les catholiques « il fallait ôter les racines ». Il est visé comme le sont le prince de Condé, l'amiral et les autres chefs huguenots.

Il faut donc se sauver.

Il est invité en compagnie du prince de Condé à rencontrer le roi de France.

Celui-ci est sans hésitation : le roi de Navarre, comme le prince de Condé, doit se préparer à perdre sa vie et à être traité comme ses compagnons s'il n'abjure pas son attachement à la religion réformée.

Ou bien ces « grands » huguenots abjurent, ou bien ils meurent.

Henri de Navarre a déjà choisi : il abjure sa foi huguenote.

Le voici donc obéissant et catholique.

16.

Faut-il croire Henri de Navarre ?

Toute la cour de France surveille, épie ce survivant de la Saint-Barthélemy qui a troqué sa foi huguenote contre sa vie.

Mais point de récriminations chez Henri de Navarre.

Il pourchasse les jeunes princesses, souriant, enjôleur, élégant. Quand trouverait-il le temps de comploter ? de préparer sa fuite de la cour de France ?

Et pourtant il ne peut ignorer que les « malcontents » sont nombreux à la cour de France. Ce sont des modérés, des ambitieux qui espèrent un jour accéder aux cercles du pouvoir royal.

Henri de Navarre, feignant l'indifférence et se présentant comme un jeune homme de plaisir, s'est rapproché de François d'Alençon, frère du roi Charles IX.

Mais François d'Alençon n'a pas la trempe d'un conjuré. Sa mère Catherine de Médicis le tient à distance. C'est le plus jeune de ses fils, un « petit moricaud » aux ambitions et au projet confus.

La reine mère a ses rejetons préférés. Et se préoccupe de la santé du roi Charles IX.

Elle soutient un autre de ses fils, Henri d'Anjou – le cadet de Charles IX –, qui est choisi par les Polonais comme roi de Pologne. Et à la cour de France, un clan se constitue, persuadé que Charles IX ne survivra pas à la maladie qui le ronge, et que tout naturellement le duc d'Anjou deviendra Henri III, roi de Pologne.

Mais Marguerite de Valois, la fière catholique, l'épouse d'Henri de Navarre qu'elle prétend avoir sauvé de la mort la nuit de la Saint-Barthélemy, s'en va dénoncer à Charles IX et à la reine mère le complot qu'ont élaboré Henri de Navarre et François d'Alençon : profiter du départ d'Henri III, qui doit visiter son lointain royaume de Pologne, se mêler au cortège et fuir la cour de France.

« Soudain, écrit Marguerite, j'allai voir le roi et la reine ma mère et leur dis que j'avais choses à leur communiquer… »

Mais Marguerite ne veut pas être celle qui livre les comploteurs. Elle s'agenouille devant le roi et la reine mère : « Je les suppliai de leur pardonner et, sans leur en montrer nulle apparence, de les empêcher de s'en aller… »

Henri de Navarre n'est pas dupe de la manœuvre de « sa » reine Margot. Mais il se prête au jeu, feignant de n'être préoccupé que par la conquête de ces jeunes femmes étourdissantes d'élégance, de beauté, d'ambition. Et qui sont les lustres de la cour.

Catherine de Médicis favorise ces entreprises séductrices ; celles de ses « suivantes » qui sont prêtes à tout pour conquérir les jeunes princes.

L'entreprise est d'autant plus soutenue par la reine mère que François d'Alençon et Henri de Navarre sont attirés par une femme de grande beauté, Charlotte de Beaune, baronne de Sauve.

« En peu de temps, écrit Marguerite de Valois, Mme de Sauve rendit l'amour de mon frère et du roi mon mari en une telle extrémité (oubliant toute ambition, tout devoir, tout dessein) qu'ils n'avaient plus autre chose en l'esprit que la recherche de cette femme. »

Henri de Navarre s'impose en quelques mois comme le prince le plus séducteur de la cour de France. Élégant, hardi, brillant, déférent à l'égard de la reine mère et du roi, il multiplie les relations amoureuses, les seules qui paraissent le préoccuper.

Il a noué avec Charles IX, dont la maladie s'aggrave, une relation de complicité qui fait de lui un homme puissant. Et avant de mourir, le 30 mai 1574, c'est vers Henri de Navarre que le roi se tourne. Pour Charles IX, Henri de Navarre est un homme d'honneur qu'il charge de veiller sur la famille royale.

Henri de Navarre s'incline dévotement devant la dépouille de Charles IX. Il incarne, aux yeux de la cour de France, et d'abord de la reine mère, le courtisan dévoué, loyal, homme de plaisir plutôt que de guerre.

Rares sont les gentilshommes de la cour qui décèlent la lucidité aiguë d'Henri de Navarre.

Le Béarnais se confie à quelques proches, notamment à Jean de Miossens qui l'a hébergé alors qu'il n'était encore qu'un enfant, mêlé aux fils de paysans…

« La cour est la plus étrange chose que vous ayez jamais vue, dit Henri de Navarre. Nous sommes presque toujours prêts à nous couper la gorge les uns aux autres. Nous portons dagues, cottes de mailles et bien souvent la cuirassine sous la cape… Le roi est aussi bien menacé que moi, il m'aime beaucoup plus que jamais. M. de Guise et M. du Mayne ne bougent d'avec moi… Vous ne vîtes jamais comme je suis fort. En cette cour d'amis, je brave tout le monde.

« Je n'attends que l'heure de donner une petite bataille, car ils disent qu'ils me tueront, et je veux prendre les devants. »

17.

Henri de Navarre donne l'accolade à Jean de Miossens, le gouverneur du Béarn auquel il vient de faire cet aveu.

Il répète d'un ton où se mêlent colère, ironie, gaieté, résolution : « une petite bataille » puis, devant les yeux effarés de Jean de Miossens, il rit. « Ils disent qu'ils me tueront et je veux prendre les devants. »

Et d'un geste de la main, il interdit à Miossens de parler et s'éloigne : « La cour est la plus étrange chose que vous ayez jamais vue », dit-il encore.

Miossens a-t-il partagé la confidence ? Dans les jours qui suivent, la rumeur se répand. Marguerite de Valois confie que François d'Alençon et Henri de Navarre ont mis sur pied une nouvelle conjuration qui leur permettra de fuir la cour.

Le 15 septembre 1575, les proches de Catherine de Médicis et Henri III demandent à rencontrer le roi et la reine mère. Ils viennent d'apprendre que Jean d'Alençon a quitté Paris et retrouvé trois cents cavaliers qui l'attendaient. Mais Henri de Navarre n'a pas suivi François d'Alençon.

Catherine de Médicis ne le quitte pas des yeux. Elle n'a aucune confiance. Elle se méfie d'Henri de Navarre qui a laissé d'Alençon se démasquer. Emportée par la colère et le dépit, elle renforce le nombre des gardes qui surveillent Henri de Navarre. Et ces gardes-là sont impitoyables. Parmi eux, nombreux sont ceux qui ont tué, massacré les huguenots durant la nuit de la Saint-Barthélemy.

Cependant Catherine de Médicis ne veut pas rompre avec d'Alençon. Elle propose « une trêve » entre les deux partis. Mais ladite trêve est violée.

Des mercenaires allemands traversent la Meuse. Une armée huguenote partie du sud de la France les rejoint en Bourgogne.

Tout est prêt pour une nouvelle guerre civile.

Que peut faire Henri de Navarre ? Tomber le masque et rejoindre les armées huguenotes en Bourgogne ou bien attendre de connaître ce que sera le sort des armes ?

Les proches d'Henri de Navarre – Jean d'Armagnac, premier valet de chambre du roi ; Agrippa d'Aubigné, écrivain et combattant, fidèle parmi les fidèles – s'adressent à lui, parlent sans hypocrisie. Ils reprochent à Henri de Navarre son silence, le choix qu'il fait de ne pas se dévoiler. Ils ne cachent pas leur déception.

« Voilà, Monsieur, grief de ceux qui ont gardé votre berceau et qui ne prennent pas grand plaisir de travailler sous les auspices de celui qui a ses autels à contre-poil des leurs.

« Quel esprit d'étourdissement vous fait choisir d'être valet ici au lieu d'être le maître là ?...

N'êtes-vous point las de vous cacher derrière vous-même si se cacher était permis à un prince né comme vous ? Vous êtes criminel de votre grandeur et des offenses que vous avez reçues : ceux qui ont fait la Saint-Barthélemy s'en souviennent bien et ne peuvent croire que ceux qui l'ont soufferte l'aient mise en oubli. »

Henri se tait longuement, allant d'un coin de la pièce à l'autre, s'arrêtant souvent devant Agrippa d'Aubigné et d'Armagnac. Puis tout à coup il lance : « Je partirai dans la nuit. »

Il ne pouvait plus retenir les rênes. Le temps était venu d'éperonner. Mais d'abord, duper encore : le roi Charles IX, Catherine de Médicis et le duc de Guise, qu'il embrasse devant la foule, annonçant qu'il chassera cette nuit et qu'il convie le duc de Guise à se joindre à lui pour traquer le daim ou le cerf. Guise remercie mais se défausse.

Henri peut enfin galoper librement dans les brouillards de l'aube. Il traverse avec ses compagnons la Loire, et s'arrêtant sur les hauteurs de la rive gauche, il lance : « Loué soit Dieu qui m'a délivré ! On a fait mourir la reine ma mère à Paris. On y a tué M. l'amiral et tous nos meilleurs serviteurs ; on n'avait pas envie de me mieux faire, si Dieu ne m'avait gardé. Je n'y retourne plus si on ne m'y traîne. »

18.

Henri de Navarre, quoi qu'il dise, est persuadé que le temps d'une « petite bataille » contre les ligueurs catholiques n'est pas encore venu.

Il rencontre le roi de France, Charles IX, il écoute avec déférence la reine mère. Catherine répète qu'elle ne veut pas que le royaume soit déchiré par un nouveau massacre.

Et naturellement, Henri de Navarre l'approuve.

Il retrouve Margot, son incomparable épouse, dont il sait bien qu'elle est fervente catholique et qu'elle ne renoncera jamais à sa religion.

Il se sent proche de Margot, bien que tant de choses les opposent !

Elle est une femme libre, à laquelle on prête de nombreux amants, dont ses deux frères, le duc d'Anjou et le roi de France. Henri ne s'indigne pas : Margot a des relations incestueuses avec ses deux frères ? Pourquoi pas ?

Lorsqu'il la voit dévorant un livre, écrivant ce qui doit être le livre de ses Mémoires, il est fier d'elle. Elle est à la fois son ennemi… et son épouse.

Et il a dit, alors qu'il était en fuite le plus loin possible de la cour :

« Je n'ai un regret que pour deux choses que j'ai laissées à Paris : la messe et ma femme. Toutefois pour la messe, j'essaierai de m'en passer ; mais pour ma femme, je ne puis, et la veux revoir. »

Henri de Navarre a la conviction que Margot le protège.

Ne l'a-t-elle pas – avec d'autres huguenots – sauvé des massacreurs de la Saint-Barthélemy ?

Et la cour bruit de rumeurs : on affirme que la reine mère cherche à « démarier » Henri de Navarre et Marguerite. Et, fidèle à son caractère, elle cherche à influencer Marguerite. Tient-elle véritablement à son époux ? Que pense-t-elle des liaisons nombreuses qu'Henri de Navarre poursuit avec insolence ?

Marguerite raconte :

« La reine mère me prit à serment de lui dire la vérité, et me demanda si le roi, mon mari, était homme, me disant que si cela n'était, elle avait moyen de me démarier… Mais quoi que ce fût, puisqu'elle m'y avait mise, j'y voulais demeurer, me doutant bien que ce qu'on voulait m'en séparer était pour lui faire un mauvais sort… »

Elle mesure, au nombre de « libelles » qui font écho à sa vie, à quel point le royaume est déchiré : huguenots, ligueurs, malcontents s'opposent. On dit dans un exemplaire du *Divorce satyrique* :

« Elle ajouta à ses sales conquêtes ses jeunes frères dont l'un, à savoir François d'Alençon, continua cet inceste toute sa vie. Et Henri la désestima telle-ment que depuis il ne la put aimer, ayant même à la longue aperçu que les ans au lieu d'amoindrir ses désirs augmentaient ses vices, et qu'aussi mouvante que le mercure, elle branlait pour le moindre sujet qui l'approchait. »

« Calomnies ! » dit-elle à Henri de Navarre qui depuis des mois lui fait montre de l'indifférence qu'il a désormais pour elle. Et cependant elle lui chuchote que la reine mère n'a pas renoncé à les « démarier ».

Pour toute réponse, Henri de Navarre éclate de rire et s'éloigne en esquissant un pas de danse, comme s'il n'était plus un jeune prince dévoré par l'ambition, un huguenot attaché à sa communauté, mais un joyeux courtisan en quête de plaisir, préoccupé d'abord de séduire et de jouir.

19.

Pas une de ces femmes, qui tout en minaudant et en riant traversent les salons, les jardins, les salles de bal, ne laisse errer son regard afin qu'Henri de Navarre soit pris au jeu de l'amour.

Les huguenots qui vivent à Nérac, siège de la cour protestante, l'ont reconnu roi de Navarre, prince du premier sang, protecteur de l'Union des Églises réformées et font grise mine quand ils voient leur « protecteur », leur roi de Navarre, leur chef de l'Union huguenote ne plus se soucier que de séduire les jeunes femmes et se laisser prendre à leurs jeux de séduction.

Et toute la cour de France assiste à ce ballet, dont on sait que la reine mère préside aux voltes et virevoltes, espérant qu'Henri de Navarre s'en laisse conter, qu'il trébuche, et qu'elle parvienne à « démarier ce prince de Navarre de Marguerite, reine Margot, qui semble, malgré son fervent catholicisme, toujours liée à ce roi de Navarre, son mari ».

Certes, querelles il y a, car Margot est intraitable sur les questions de religion ; elle est catholique. Mais pour le reste, elle est aussi séductrice que peut l'être Henri de Navarre.

Qu'y faire ? Margot affirme qu'Henri de Navarre « a pour naturel de se plaire parmi les femmes ».

Sully, le fidèle compagnon du roi de Navarre, a noté qu'il « se plaisait à la vérité davantage lorsqu'il s'y rencontrait de belles filles et femmes qui le regardaient et s'en entendait louer ».

Il n'éprouve aucune hésitation devant une femme, qu'elle soit une prostituée ou une jeune vierge qui ne se laissera aimer qu'après qu'on eut organisé pour elle un mariage...

Et Henri de Navarre use de tous les moyens, enrôlant dans cette conquête ses amis les plus sûrs.

Et si l'ami est réticent, il l'accuse de « manquer de courage et d'honneur ».

« Où est l'honneur ? Si vous en avez, vous ferez ce que je vous commande. »

Les gentilshommes huguenots obéissent aux ordres d'Henri de Navarre, sachant que le roi les récompensera de leur dévouement et de leur habileté.

Mais les amourettes ne vont pas sans risque. Agrippa d'Aubigné écrit :

« Les poux espagnols, las de posséder les parties basses, ou étant trop pressés de logis, avaient pris un domicile éminent dans les aisselles, les sourcils et le rond des cheveux, siège de la couronne. Il alléguait encore pour preuve une chaude-pisse... »

Vrai ? Faux ?

À Agen, en 1576, loin de la cour de France, Henri de Navarre fait organiser un bal qui se terminera dans l'obscurité la plus complète, favorisant toutes les licences.

« Et sait-on que la contrainte de l'honneur força quelques-unes de ces femmes de se vouloir précipiter par les fenêtres et que les autres moururent d'effroi, de regret et de douleur... ? »

Quand la cour huguenote s'installe à Nérac, Henri de Navarre et la reine Margot y règnent en maîtres et les mœurs se relâchent encore davantage.

Agrippa d'Aubigné jugea sévèrement ce jeu cynique :

« L'aise y amène les vices, comme la chaleur les serpents. La reine de Navarre eut bientôt dépouillé les esprits et fait rouiller les armes. Elle apprit au roi son mari qu'un cavalier était sans âme quand il était sans amour, et l'exercice qu'elle en faisait n'était nullement caché, voulant par là que la publique profession sentît quelque vertu et que le secret fût la marque du vice...

« Ce prince, tendre de ce côté, eut bientôt appris à caresser les serviteurs de sa femme, elle à caresser les maîtresses du roi son mari. »

20.

Henri de Navarre n'est-il que ce séducteur chez qui un visage ou un regard envahissent l'esprit au point que les huguenots proches de lui désespèrent de le voir un jour en roi huguenot, souverain de la France ?

Nombre de ces huguenots, princes ou de haute noblesse, craignent que le roi de Navarre n'ait d'autre ambition que de mener une vie de fête.

Henri de Navarre sait ce que pensent de lui un Condé, un Agrippa d'Aubigné ou un Sully. Henri a besoin de femmes.

Mais pour autant, il se souvient qu'il est le protecteur des huguenots, et qui sait ? l'héritier du trône de France. Ce n'est peut-être qu'une rêverie entre deux jeux d'amour, mais elle ne le lâche pas.

Il court à la poursuite des femmes, mais il est roi et il lui suffit d'un coup d'œil pour savoir que telle ou telle va se laisser aller dans ses bras.

Et pourquoi pas cette vie à deux faces : le désir de toutes les femmes, et le désir de conquérir les provinces sensibles à la religion réformée.

Il a vécu la Saint-Barthélemy. La lame des égorgeurs a effleuré sa gorge ! Ses plus proches amis, ces huguenots savants – il pense souvent à l'amiral de Coligny –, ont été dépecés, leurs corps mutilés suspendus aux portes de Paris.

Henri ne veut pas se laisser envahir par ces souvenirs. Et les femmes sont un alcool qui fait, un bref moment, oublier le jour des massacres. Mais le sang de la Saint-Barthélemy voile son regard.

Alors il poursuit les femmes dont il a besoin comme d'une rasade brûlante.

Mais les résultats de cette double obsession d'Henri de Navarre sont inscrits dans la réalité.

Henri régulièrement réunit les instances politiques de la communauté huguenote et mesure l'implantation des protestants. Ce sont les « Provinces-Unies du Midi ».

En 1573, en 1574, en 1575, à Millau, à Nîmes, sur le modèle des Provinces-Unies hollandaises, les huguenots élaborent leurs institutions politiques et dessinent un État indépendant – les Provinces-Unies du Midi, précisément.

Et Henri de Navarre, roi, protecteur, chef de l'Union, apparaît comme l'héritier possible du royaume de France.

François, duc d'Alençon, frère cadet du roi de France Henri III, est un successeur éventuel, puisque le roi de France n'a pas d'héritier. Et quand, en 1584, François d'Alençon meurt de maladie, c'est Henri de Navarre qui devient l'héritier présomptif !

Un roi de France huguenot ?

Cette éventualité affole les catholiques qui ont à leur tête Henri de Guise. Cet homme au port de seigneur, grand politique, a le visage balafré par un coup de lame huguenote.

Il réunit les catholiques à Paris, d'abord en créant la Sainte Ligue, une vraie société secrète qui rassemble, en 1588, trente mille bourgeois armés que viennent rejoindre dix mille mercenaires suisses et allemands. Puis les catholiques ligueurs font courir la rumeur selon laquelle les huguenots veulent se livrer à une Saint-Barthélemy des catholiques. Et déjà Orléans, Dijon, Lyon, Toul et Verdun sont devenues des villes « ligueuses ».

Mais en 1584, le roi de France Henri III, devant des gentilshommes qu'il a réunis, déclare, dans un silence recueilli :

« Aujourd'hui, je reconnais le roi de Navarre pour mon seul et unique héritier. C'est un prince bien né et de bon naturel.

« Mon naturel a toujours été de l'aimer et je sais qu'il m'aime.

« Il est un peu colère et piquant, mais le fond en est bon. Je m'assure que mes humeurs lui plairont et que nous nous accommoderons bien ensemble. »

Ce jour-là, Henri de Guise et les catholiques de la Sainte Ligue ont le sentiment que la terre s'ouvre sous leurs pas.

Un roi de France huguenot ?

Pour beaucoup de ces catholiques que la Sainte Ligue rassemble, c'est impensable. La guerre contre les huguenots paraît inévitable et nécessaire.

21.

Tout à coup il semble à Henri de Navarre que, autour de lui, tout change.

Il déshabille rapidement les femmes, mais en les caressant il pense à la guerre que l'on annonce.

Ce qu'il a vu, vécu pendant la Saint-Barthélemy s'impose à lui.

« Guerre inévitable et nécessaire », écrivent les auteurs de libelles protestants ou catholiques.

Et Henri de Navarre le pense aussi même s'il faut jouer encore avec le roi de France, avec Henri de Guise, avec Catherine de Médicis.

Mais le 23 mars 1585, un courrier remet à Henri de Navarre une lettre du roi de France.

Il la relit plusieurs fois. Henri III aurait-il renoncé à ses manœuvres, à ses hypocrisies ? à sa tentation de s'allier avec la Sainte Ligue ?

Le roi écrit à Henri de Navarre :

« Mon frère,

« Je vous avise que je n'ai pu empêcher, quelque résistance que j'aie faite, les mauvais desseins du duc de Guise. Il est armé, tenez-vous sur vos gardes, et n'attendez rien.

« J'ai entendu que vous êtes à Castres pour parlementer avec mon cousin le duc de Montmorency, dont je suis bien aise, afin que vous pourvoyiez à vos affaires.

« Je vous enverrai un gentilhomme à Montauban qui vous avertira de ma volonté.

« Votre bon frère, Henri. »

Peu après, le gentilhomme « messager » du roi de France se présente. Visage connu, mille courbettes, le messager n'est autre que l'un des « mignons » d'Henri III. Et Henri de Navarre écoute avec gravité le mignon exposer le plan du roi de France.

Henri de Navarre abjurerait sa foi huguenote en échange de quoi le roi de Navarre serait désigné comme le successeur d'Henri III. Les conseillers, représentant chacun l'une des religions, sont consultés.

Les avis sont divergents mais c'est Henri de Navarre qui discute le plan du roi... « Mais, reprend Henri de Navarre, pourquoi ne pas unir les huguenots et les régiments du roi de France ? La Sainte Ligue serait écrasée. »

C'est Henri III qui refuse la proposition d'Henri de Navarre.

« Il y a trois joueurs », dit Henri de Navarre à ses proches.

Ne sera victorieux que celui qui aura réussi à allier les deux autres camps.

« S'allier avec la Sainte Ligue contre nous huguenots », tel est le plan du roi de France et de la reine mère.

Et il suffit de quelques jours pour que soit signé entre Catherine de Médicis et le duc de Guise le traité de Nemours (le 7 juillet 1585).

Henri de Navarre reste silencieux mais son visage, son regard dévoilent son amertume.

Il garde assez de maîtrise pour ne pas dénoncer le traité qui annule les droits accordés aux protestants : excommunication d'Henri par le pape Sixte Quint ; expulsion des huguenots du royaume de France ; restitution des places de sûreté qui leur avaient été accordées ; interdiction du culte protestant ; proscription, révocation ; les protestants sont interdits d'accès aux emplois publics.

« Honte sur Henri III ! » Henri de Navarre retient ces mots au bord des lèvres, il ne les utilise pas. Il dénonce l'alliance entre la Sainte Ligue et le pouvoir royal.

« Quand j'ouïs-dire tout à coup, écrit Henri de Navarre à Henri III, que Votre Majesté a traité une paix avec ceux qui se sont élevés contre elle… »

À quoi bon poursuivre ? Henri III a choisi de s'allier avec la Sainte Ligue. Henri de Navarre, poings serrés, choisit les mots de sa réponse avec mesure.

Il faut que le peuple juge lui-même. Que les catholiques choisissent la modération, que l'alliance se réalise entre le roi de Navarre et le roi de France, rappeler à Henri III qu'on a été un « très obéissant et fidèle sujet », revendiquer l'honneur d'« appartenir » au roi de France, puis conclure :

« Je laisse à juger à Votre Majesté en quel labyrinthe je me trouve et quelle espérance me peut rester… »

Ceux qui, ce jour-là, 21 juillet 1585, observent Henri de Navarre ne décèlent chez lui aucune colère contre Henri III.

Le roi de France est le roi de France.

« Quelle espérance me peut rester ?

Celle de rassembler les Français et d'incarner à leurs yeux la justice, et la vérité. »

Et s'ils veulent un roi catholique, ce ne serait pas la première fois qu'un souverain abjurerait pour satisfaire son peuple.

22.

« Ce qui peut me rester c'est l'espérance en Dieu »,
répète Henri de Navarre à ses compagnons.

Il fait montre d'énergie, de gaieté même. On le voit
s'éloigner tenant le bras d'une jeune femme.

A-t-il oublié qu'il a été déclaré déchu de ses droits
à la Couronne et que c'est le cardinal de Bourbon
qui les reçoit ?

Mais aux propos inquiets de ses proches, Henri de
Navarre répond avec assurance et optimisme.

Trois armées royales marchent contre eux ?

L'une commandée par le duc d'Épernon – celui
qu'on nomme l'Archimignon –, l'autre par le duc
de Joyeuse – le Mignon du roi –, la troisième par le
maréchal de Biron.

D'un geste ample de la main, Henri de Navarre
balaie ses adversaires. Les coffres des finances royales
sont vides ! On ne fait pas la guerre sans or !

Et Catherine de Médicis ne l'ignore pas puisqu'elle
veut rencontrer Henri de Navarre pour traiter avec lui.

Le dialogue est feutré.

— Madame, je ne demande rien et ne suis venu que pour recevoir vos commandements, dit Henri.

— Là, là, faites quelque ouverture.

— Madame, il n'y a point ici d'ouverture pour moi.

Catherine de Médicis se lamente.

— Eh ! quoi, serai-je toujours dans cette peine, moi qui ne demande que le repos ?

— Madame, cette peine vous plaît et vous nourrit, si vous étiez en repos, vous ne sauriez vivre longuement.

— Comment ? Je vous ai vu autrefois si doux et si traitable et à présent je vois sortir votre courroux par vos yeux et l'entends par vos paroles.

— Madame, il est vrai que les longues traversées et les fâcheux traitements dont vous avez usé en mon endroit m'ont fait changer et perdre ce qui était de mon naturel.

La reine mère et le roi de Navarre s'observent encore longuement tout en prenant garde de ne pas rompre et en évoquant même la possibilité d'une trêve entre eux.

Mais Henri de Navarre d'une part et le roi de France associé aux ligueurs d'autre part savent qu'il faudra aller jusqu'à l'affrontement militaire. La guerre, donc.

Dans chaque camp, il y a un nombre équivalent de troupes, cinq mille fantassins et mille cinq cents cavaliers du côté des huguenots, autant de fantassins et mille huit cents cavaliers pour les armées du roi.

On s'affronte dans l'étroite plaine de Coutras – en Poitou – ce 20 octobre 1587.

Bataille commencée à dix heures.

Dressé sur ses étriers, Henri de Navarre lance :

« Mes compagnons, il en va de la gloire de Dieu, de l'honneur et de nos vies, pour se sauver ou pour vaincre. Le chemin en est devant nous. Allons, au nom de Dieu pour qui nous combattons ! »

L'artillerie entre en jeu. La canonnade est couverte par les psaumes chantés par les huguenots.

Henri est au premier rang, rejetant toute protection de ses compagnons.

« Ne m'offusquez pas, lance-t-il, je veux paraître. »

La victoire huguenote est nette. Les morts sont nombreux et parmi eux le « Mignon » duc de Joyeuse.

Henri de Navarre écrit au roi de France qui pleure la mort de son « ami ».

« Je ne pus faire différence des bons et naturels Français d'avec les partisans et adhérents de la Ligue… Croyez, mon cousin, qu'il me fâche fort du sang qui se répand et qu'il ne tiendra point à moi qu'il ne s'étanche, mais chacun connaît mon innocence… »

23.

Henri de Navarre confie à ses compagnons ses choix.

Ne pas heurter Henri III, quoi qu'il ait voulu, et notamment son alliance avec les Guises de la Sainte Ligue.

Montrer au roi de France que le roi de Navarre et les huguenots sont respectueux de ses pouvoirs. Il a été sacré et c'est le thaumaturge.

Et se tenir à distance des affrontements entre les ligueurs d'Henri de Guise et l'armée royale.

Puis attendre que Dieu choisisse son camp.

À Paris, le 12 mai 1588, c'est déjà l'émeute ; les barricades sont dressées pour empêcher les soldats du roi de circuler dans les rues. Les soldats du roi attaquent les mercenaires suisses, et le sang rougit les pavés.

Henri III agit : le 23 décembre 1588, il fait assassiner Henri de Guise et, le 24 décembre, son frère le cardinal de Lorraine.

L'abîme se creuse entre les ligueurs et les partisans du roi.

Qui pense le plus à la France ?

Le huguenot qui est fidèle à Henri de Navarre ? L'ultracatholique qui cherche une alliance avec l'Espagne et reçoit, d'au-delà des Pyrénées, conseils et, chaque mois, cinquante mille écus… ?

De plus en plus nombreux sont les catholiques à faire le choix de l'Espagnol, le puissant allié.

La bataille de Coutras – 1587 –, victoire huguenote, confirme que le royaume de France est en crise profonde : la guerre est là et les ligueurs font le choix de s'allier à l'Espagne. Agrippa d'Aubigné, huguenot poète et combattant, écrit :

Voici deux camps dont l'un prie et soupire
                            en s'armant,
L'autre présomptueux menace en blasphémant :
Ô Coutras ! Combien tôt cette petite plaine
Est de cinq mille morts et de vengeance pleine !

24.

Vainqueur !

La bataille de Coutras, victoire d'Henri de Navarre, enflamme l'orgueil des huguenots.

La prudence, certes, continue d'habiter le roi de Navarre. Point de démesure chez Henri de Navarre, mais la certitude que, un jour, il pourra être sacré roi de France et de Navarre.

Il suffit de rassembler les huguenots et de laisser Henri III s'empêtrer dans ses manœuvres. Celui-ci n'hésite pas à tuer : Henri de Guise et son frère le cardinal de Lorraine ont été assassinés sur l'ordre du roi.

Henri de Navarre reste sur ses gardes ! Il attend le moment opportun pour agir. Et il apaise son impatience en conquérant avec plus de fougue et de détermination les femmes, toutes les femmes puisqu'elles l'attirent toutes.

Marguerite – la reine Margot –, épouse d'Henri, a rejoint la cour de Nérac. Elle mène le bal, elle tient salon, elle correspond avec les gentilshommes éclairés, les « humanistes ». Elle correspond avec Montaigne, et tous les chroniqueurs et écrivains qui comptent.

Elle ne cache rien de ses liaisons à son mari, mais Henri de Navarre fait de même.

« Notre cour était si belle et si plaisante que nous n'enviions point celle de France », raconte la reine Margot.

« Bon nombre de dames et de filles » entourent Marguerite, et à quelques dizaines de pas derrière elle, son mari est poursuivi « d'une belle troupe de scigneurs et gentilshommes, aussi honnêtes gens que les plus galants qu'elle a vus à la cour. »

« La journée se passait en toutes sortes de plaisirs honnêtes, le bal se tenant l'après-dîner et le soir. »

Mais les relations entre Marguerite et Henri se dégradent.

Henri de Navarre livre les noms des amants de sa femme.

Margot est d'autant plus critiquée qu'elle est toujours catholique. Le parti huguenot la rejette. Pour les ultra-catholiques, Margot n'est que l'épouse du chef des huguenots. Et le roi Henri III refuse de la rencontrer.

Margot, sans doute pour éviter la solitude, rejoindra la Sainte Ligue !

C'est dire que les tensions, les passions, les jalousies, les haines prolifèrent, et que l'on épie le roi de Navarre et la reine Margot.

Les rumeurs qui se répandent assurent qu'Henri de Navarre et la reine Margot se divertissent en mêlant à leurs « jeux » une jeune fille de quatorze ans,

Françoise de Montmorency-Fosseux, qu'on n'appellera plus que « la petite Fosseuse » !

Henri de Navarre et la reine Margot, malgré le temps impitoyable et vieillissant, ne renoncent à rien. Le roi Henri noue une relation passionnelle avec Diane d'Andoins – dite Corisande –, une princesse jeune, d'une beauté rare, et qui établit avec Henri une liaison longue et profonde.

« J'ai demeuré toujours fixe en l'amour et service que je vous ai voués, Dieu m'en est témoin…, écrit Henri de Navarre. Je vous baise un million de fois les mains… »

Et le roi de Navarre ne cache plus les tourments qui l'assaillent : « Le diable est déchaîné, dit-il. Je suis à plaindre et est merveille que je ne succombe sous le faix. »

Il se heurtera à des refus, ainsi celui de Gabrielle d'Estrées qui finalement cédera.

« Il me semble qu'il y a déjà un siècle que je suis éloigné de vous, écrit le roi de Navarre. Croyez ma chère souveraine que l'amour ne me violenta jamais tant qu'il fait. »

25.

Henri de Navarre, depuis des semaines – et même des mois –, paraissait ne se soucier que de retrouver la passion de Gabrielle d'Estrées.

Et ses compagnons huguenots s'interrogeaient douloureusement : Henri de Navarre avait-il oublié sa mission à la tête de la communauté huguenote, et n'était-il plus qu'un vieux passionné qui languissait ?

« Il me semble qu'il y a déjà un siècle que je suis éloigné de vous… », dit-il même à Gabrielle d'Estrées.

Les huguenots soupirent : fallait-il combattre et mourir pour séduire une femme ?

Et tout à coup, la situation change ! À Blois, la majorité des ligueurs est bouleversée et révoltée par l'assassinat d'Henri de Guise.

Et tout à coup, à La Rochelle, les représentants des Églises réformées font le serment « de demeurer inséparablement unis dans la religion, comprise en la confession de foi desdites Églises réformées, et de s'apporter aide, support et assistance mutuelle les uns envers les autres… ».

Et tout à coup Henri de Navarre écrit aux députés de Blois.

Et tout à coup le ton, les mots qu'il emploie sont ceux d'un roi.

« Je ferai le soldat, dit-il.

« On m'a souvent sommé de changer de religion. Mais comment ? La dague à la gorge…

« Que diraient de moi les plus affectionnés à la religion catholique si, après avoir vécu jusqu'à trente ans d'une sorte, ils me voyaient subitement changer ma religion sous l'espérance d'un royaume ?

« Avoir été nourri, instruit et élevé en une profession de foi, et sans ouïr et sans parler, tout d'un coup se jeter de l'autre côté ! Non, messieurs, ce ne sera jamais le roi de Navarre, y eût-il trente couronnes à gagner.

« Instruisez-moi, je ne suis point opiniâtre… Car si vous me montrez une autre vérité que celle que je crois, je m'y rendrai et ferai plus… »

Est-ce le même homme celui qui s'adressait à Gabrielle d'Estrées ou se divertissait avec « la petite fosseuse » et celui qui laisse entendre qu'il est prêt à abjurer afin de devenir le roi catholique de la France ?

Est-ce le même homme qui dresse un tableau de la situation du royaume ?

« Notre État est extrêmement malade, chacun le voit par tous les signes…

Quel remède ? Nul autre que la paix !

« Je vous conjure donc tous, par cet écrit, autant catholiques, serviteurs du roi Monseigneur, que ceux

120

qui ne le sont pas. Je vous appelle comme Français. Je vous somme que vous ayez pitié de cet État... »

Est-ce le même homme qui en appelle au peuple, qui l'alerte :

« Quand ta noblesse et ton peuple, quand ta noblesse et tes villes seront divisées, quel repos auras-tu ? »

Mais la paix ne s'obtiendra que si les deux religions – huguenote et catholique – vivent en bonne harmonie :

« Le vrai et unique moyen de réunir les peuples au service des peuples et d'établir la piété en un État, c'est la douceur, la paix, les bons exemples, non la guerre ni les désordres ; et que, par les désordres, les vices et les méchancetés naissent au monde... »

C'est le vingt-troisième jour du mois de décembre 1588 : Henri de Navarre a parlé comme un roi de France.

26.

Mais qui demain sera le roi de France ?

Qui survivra à l'affrontement entre ligueurs et huguenots ?

Henri de Navarre ? Henri III ? Ou celui qui ralliera autour de lui le peuple français ?

Les ultracatholiques de la Sainte Ligue multiplient les appels, les pamphlets qui encouragent les catholiques à devenir des tyrannicides.

Henri III, écrit-on, a fait assassiner les Guises ? C'est lui maintenant qui doit mourir. Il a le sentiment d'être traqué par les vengeurs des Guises.

Sa seule chance de conserver le trône de France serait de s'allier avec Henri de Navarre.

Celui-ci accepte une rencontre et le rendez-vous entre les deux monarques est fixé à Plessis-lès-Tours, le 30 avril 1589.

La foule des capitaines, des maréchaux, des seigneurs, des princes, des nobles a envahi le jardin du château de Plessis-lès-Tours. Elle entoure et acclame Henri III.

Voici que les huguenots acclament le roi de Navarre qui descend le grand escalier menant au parc.

« Place, place ! Voici le roi », crie-t-on.

Et Henri III noue autour de son cou l'écharpe blanche, signe d'appartenance et de reconnaissance des huguenots.

Les rois et leurs conseillers entrent dans le château puis, durant deux heures, dessinent les grandes lignes de la bataille à conduire contre les armées des ligues, commandées par le duc de Mayenne.

Et, au cours du mois de juin, les villes ligueuses tombent au pouvoir des huguenots, facilement.

Ces victoires se sont égrenées de Pithiviers à Saint-Cloud. Paris n'est plus éloigné. Et Henri de Navarre et ses compagnons rêvent d'assiéger la capitale.

« J'avoue qu'il y va du royaume à bon escient d'être venu baiser cette belle ville et ne lui mettre pas la main au sein ! » écrit lestement Agrippa d'Aubigné.

27.

Henri de Navarre ne peut chasser de son esprit le souvenir de Paris couleur rouge sang de la Saint-Barthélemy.

Il n'oublie pas qu'après le massacre, les ligueurs victorieux – les Guises – ont été tentés d'égorger, comme tant d'autres huguenots, Henri de Navarre.

Henri sauvé par qui ? La reine Margot, comme elle le prétend ? Catherine de Médicis la reine mère ? Ou le roi Henri III ?

Les relations entre les deux souverains sont courtoises, imprégnées de souvenirs d'enfance, puis de ceux des journées passées à la cour de France, où Henri de Navarre faisait mine de ne pas souffrir de la prison dorée dans laquelle on le retenait. Puis de la fuite, de la cour de Nérac, de l'alliance de fait d'Henri de Navarre avec Henri III.

Henri de Navarre se tenait à l'écart de ces huguenots qui se moquaient d'Henri III. « C'est un bougre », disait-on en ricanant et en faisant allusion à son homosexualité.

Le roi de France était grand, séduisant, bon orateur, curieux des livres, ayant créé une académie. Il se désintéressait de la chasse, le grand divertissement des princes et des rois tels que les chroniqueurs ont raconté leurs vies, faites de cavalcades, de traques de sanglier, et de fêtes éclatantes.

Henri de Navarre y participait avec ardeur, mais son comportement était aussi celui d'un rustre. Henri III était au contraire vêtu avec élégance, le pourpoint et les chapeaux enrichis de perles.

On se moquait de ses oreilles percées, aux lobes desquelles étaient suspendus des perles, des bijoux !

Les courtisans – huguenots – se moquaient de cette mode, du jeu de bilboquet dont Henri III ne se lassait point.

Était-ce la preuve de son homosexualité, de sa « sodomie », comme on disait ?

Le peuple jugeait sans indulgence l'image que reflétait cette cour. On affirmait que, tout sodomite qu'il fût, Henri III chassait lui aussi, comme le roi de Navarre, les femmes de la cour.

Il vivait entouré de « mignons », d'« archimignons » qui étaient, assurait-on, ses amants, mais aussi ses conseillers, ainsi les ducs de Joyeuse et d'Épernon. Et bien d'autres qui n'appartenaient pas au premier cercle des mignons du roi.

Henri III les choisissait pour leur charme, leur liberté de mœurs, et leur origine. Ils étaient issus de familles de la petite noblesse. Le roi Henri III les dotait comme des courtisanes !

À Paris, où dominaient les ligueurs, on méprisait ces mœurs relâchées. On racontait qu'Henri III, ayant appris qu'une courtisane, après une nuit passée avec lui, avait critiqué cet amant royal qui n'avait été généreux qu'en pièces d'or, « lui fit passer douze Suisses sur le corps à cinq sols pièce ».

« Cette fois-là, commenta le roi, elle pourra se vanter d'avoir été bien foutue et mal payée ! »

De telles anecdotes – vraies ou fausses – donnaient le poids de la vérité à ceux qui critiquaient le roi Henri III.

« Il a été imbu du vice que la nature déteste, lequel jamais il n'a pu réapprendre… Son cabinet a été un vrai sérail de lubricité et paillardise, une école de sodomie où se sont achevés de sales ébats que tout le monde a pu savoir. »

28.

Henri de Navarre ne commente pas les propos et ragots impitoyables dont ses compagnons accablent Sa Majesté le roi Henri III.

« Ce n'est qu'un bougre », dit l'un ; les autres approuvent, évoquent la sodomie, la lubricité du roi catholique.

Le roi de Navarre semble ne pas entendre. Son regard se dérobe quand l'un de ses huguenots l'interroge.

Quelles sont ses intentions ? lui demande-t-on. Quand commencera-t-on le siège de Paris ?

La conversation se poursuit dans le parc alors que monte la chaleur matinale.

Nous sommes le 1er août 1589.

Et tout à coup, des cris viennent du château de l'évêque de Paris où Henri III a été accueilli par l'ecclésiastique.

Henri de Navarre et ses compagnons se sont dressés d'un bond. Ils se mettent à courir vers les escaliers du parc qui conduisent au château.

Quelqu'un hurle : « On a tué le roi ! »

Un autre cri ; un corps – comme un gros pantin de cirque – jaillit d'une fenêtre et va s'écraser sur les dalles.

« Qu'on le tue ! » crient les gardes en brandissant leurs lances. Henri de Navarre agrippe un garde, le secoue. L'homme a les yeux exorbités.

« Le roi l'a dit, reprend le garde dans un souffle. Le méchant moine a tué le roi. »

Le garde se remet à courir.

« Le roi l'a dit, répète-t-il, le méchant moine l'a tué ! Qu'on le tue ! »

La foule des gardes, des seigneurs, des courtisans, des médecins se presse dans l'escalier du château qui conduit à la chambre du roi. Tout en montant rapidement l'escalier, Henri de Navarre entend des bribes de confidences, des témoignages.

Le tueur qu'on a jeté par l'une des fenêtres du château est un frère prêcheur qui s'est présenté comme un messager chargé de transmettre des lettres à Sa Majesté Henri III.

Le roi était sur sa chaise percée. Le moine a insisté pour remettre à Henri III les secrets dont il était porteur.

Henri III a exigé, devant la réticence de ses gardes, qu'on laisse entrer le messager.

Le moine a sorti de sa manche un long couteau et en a porté un coup violent « dans le petit bas-ventre au-dessous du nombril ».

« Le boyau est percé, précise un autre médecin. Je ne vois pas qu'on puisse sauver le roi. »

Les gardes commencent à repousser la foule vers l'escalier et le parc. Les officiers les plus aguerris pleurent, sanglotent. On entend la voix encore forte du roi qui récite des prières.

« Ne vous fâchez point, dit-il à Charles de Valois, son neveu. Ces méchants ont voulu me tuer mais Dieu m'a préservé de leur malice, ceci ne sera rien. »

Il dit encore que rien ne lui est « si cher que la manutention de la vraie religion catholique, apostolique et romaine ».

Au moment où les médecins administrent un lavement au roi tout en chuchotant que la purge s'est répandue dans les entrailles percées, Henri de Navarre entre dans la chambre de Sa Majesté.

Le roi de Navarre embrasse la main du roi.

« Vous voyez comment vos ennemis et les miens m'ont traité, il faut que vous preniez garde qu'ils ne vous en fassent autant... »

Henri III respire difficilement.

« L'agonie commence », dit un médecin.

Henri III tente de se redresser. Il s'adresse au roi de Navarre :

« Mon frère, je le sens bien, c'est à vous de posséder le droit auquel j'ai travaillé pour vous conserver ce que Dieu vous a donné ; c'est ce qui m'a mis en l'état où vous me voyez.

« Je ne m'en repens point, car la justice de laquelle j'ai toujours été le protecteur veut que vous succédiez après moi à ce royaume dans lequel vous aurez beaucoup de traverses si vous ne vous résolvez à changer de religion.

« Je vous y exhorte autant pour le salut de votre âme que pour l'avantage du bien que je vous souhaite. »

Henri III reprend son souffle, son visage est creusé et jaune…

« Écoutez les dernières intentions sur les choses que vous devez observer quand il plaira à Dieu de me faire partir de ce monde…

« Je vous prie comme mes amis et vous ordonne comme votre roi que vous reconnaissiez après ma mort mon frère que voilà, que vous ayez la même affection et fidélité que vous avez toujours eue pour moi… »

Henri de Navarre pleure. Henri III l'a désigné comme son successeur mais a répété que son héritier devait abjurer la religion huguenote.

Et déjà, en sortant de la chambre mortuaire d'Henri III, le roi de Navarre sent qu'on l'observe d'une autre manière.

Il est désormais Henri IV et, durant toute la journée, il reçoit tous ceux qui viennent attester leur fidélité.

Henri IV paraît intimidé. Il sait ce qu'Henri III a souhaité sur son lit de mort. Henri IV ne peut qu'être un roi catholique. Il se sent maladroit, passant au milieu de cette foule qui le guette. Il est « plus accoutumé à faire le soldat que le roi ».

Mais il sait qu'il ne peut échapper à son destin de roi.

Dieu l'a voulu ainsi.

Le 4 août 1589, Henri IV s'engage solennellement devant la cour et tout le royaume.

« Nous, Henri, par la grâce de Dieu roi de France et de Navarre, promettons et jurons en foi et parole de roi, par ces présentes, signées de notre main, à tous nos bons et fidèles sujets, de maintenir et conserver en notre royaume la religion catholique, apostolique et romaine dans son entier, sans y innover ni changer aucune chose... et que nous sommes tout prêts et ne désirons rien davantage que d'être instruits par un bon et légitime et libre concile général et national pour en suivre et observer ce qui y sera conclu et arrêté ; qu'à ces fins nous ferons convoquer et assembler dans six mois ou plus tôt s'il est possible... »

Le roi Henri IV a parlé.

29.

Il suffit à Henri de Navarre de quelques jours pour qu'il comprenne qu'une nouvelle page de sa vie vient d'être tournée.

Parce qu'il est devenu Sa Majesté roi de France et de Navarre, il va être menacé, combattu.

Déjà de nombreux nobles ont quitté le château de Saint-Cloud pour regagner leur résidence dans les différentes provinces du royaume. Ils ne veulent pas être contraints de respecter le serment qu'ils ont prêté dans les instants précédant la mort d'Henri III.

Henri de Navarre apprend que les troupes huguenotes ont quitté leurs régiments. Et au contraire les troupes de la Ligue commandées par le duc de Mayenne marchent vers les armées huguenotes et royales afin de les vaincre.

Dès le 21 septembre 1589, on se bat.

Les canons huguenots tirent sur les cavaliers de la Ligue depuis les hauts murs du château d'Arques.

Cette défaite de la Ligue est redoublée par le succès remporté à Ivry par les huguenots ayant à leur tête Henri IV.

Le roi de France, debout sur ses étriers, a clamé à ses troupes :

« Mes compagnons, Dieu est pour nous, voici ses ennemis et les nôtres, voici votre roi. Si vos cornettes vous manquent, ralliez-vous à mon panache blanc, vous le trouverez au chemin de la victoire et de l'honneur ! »

Cette double victoire huguenote, à Arques et à Ivry, est le fruit de la détermination héroïque d'Henri IV. Et cette affirmation est répandue dans toutes les provinces du royaume :

« Gloire et victoire à Henri IV le roi de France et de Navarre. »

Henri IV voudrait aller plus loin, assiéger Paris, entrer en vainqueur dans la capitale du royaume. Car il sait bien qu'il ne sera pas réellement reconnu roi s'il ne conquiert pas Paris.

Le siège de Paris est donc renforcé et la situation du peuple parisien, des plus pauvres, s'aggrave.

Le peuple a faim. Le peuple mange les chiens et les rats. On assure que des mères affamées ont profité de la mort de leurs enfants pour les dévorer !

De nouveaux assauts sont lancés par Henri IV.

Des négociations s'ouvrent, mais Henri IV refuse une discussion limitée à des pourparlers avec le roi de Navarre. Le roi de France étant exclu.

« J'aime ma ville de Paris, dit Henri IV. C'est ma fille aînée, j'en suis jaloux. Je lui veux faire plus de bien, plus de grâce et de miséricorde qu'elle ne m'en demande… Mais je veux qu'elle m'en sache gré et qu'elle doive ce bien à ma clémence et non au duc de Mayenne ni au roi d'Espagne.

« Je suis vrai père de mon peuple. Je ressemble à cette vraie mère dans Salomon…

« J'aimerais quasi mieux n'avoir point de Paris que de l'avoir tout ruiné et dissipé après la mort de tant de pauvres personnes… »

30.

Sa Majesté Henri, roi de France et de Navarre, ne se laisse pas griser.

À sa maîtresse, Gabrielle d'Estrées, il confie que les acclamations de la foule l'importunent lorsqu'elle crie : « Dieu le garde ! »

Quand il veut attacher à sa Couronne tel ou tel duc, hier encore ligueur, il dit : « Il faut que j'école ce gros garçon. » Et il va passer deux heures avec lui, l'écouter, le flatter, et… le faire boire.

Henri roi de France et de Navarre est prudent. Il sait que, de la noblesse au peuple, les sujets du royaume sont attachés à la religion catholique, apostolique et romaine.

Lorsqu'il joue à la paume et qu'il aperçoit des jeunes femmes qui souhaitent s'approcher de lui, il renvoie ses archers et se donne en spectacle, heureux d'être acclamé par ces femmes qui lui crient « qu'il est bien plus beau que le roi de Paris… ».

Et naturellement, Sa Majesté Henri le roi de France ne renonce pas à la chasse aux plaisirs. Et c'est de la « femme » qu'il s'agit toujours.

Mais sont dupes les ligueurs, les Parisiens qui les soutiennent et imaginent qu'Henri IV ne pense qu'aux jeunes femmes – quatorze ans vaut l'une...

En fait Henri IV veut unifier son royaume, ce qui signifie vaincre les ligueurs, et être toujours sur ses gardes.

Et il a compris que l'unité de son royaume passe par la conversion du roi à la religion catholique, les Français n'acceptant pas un roi huguenot.

Henri doit se convertir et abjurer.

31.

La cérémonie avait été fixée dans les six mois après l'assassinat d'Henri III. Mais elle ne sera célébrée que le 25 juillet 1593 !

Ses proches avaient insisté : « Gagnez les catholiques, mais ne perdez pas vos huguenots ! » C'est également ce qu'avait dit le pasteur Duplessis-Mornay !

Un ancien ligueur passé au service d'Henri IV a déclaré : « Sire, il ne faut pas tortignonner. »

La décision d'Henri IV est donc prise : conversion et abjuration le 25 juillet 1593.

Sully, son plus proche conseiller, pense à la lassitude qui parfois a saisi Henri IV.

« Il a connu la lassitude et l'ennui d'avoir toujours eu l'armure sur le dos depuis l'âge de douze ans pour disputer sa vie et sa fortune ; la vie, dure, âpre et languide qu'il avait écoulée pendant ce temps ; l'espérance et le désir d'une plus douce et agréable pour l'avenir. »

Le 25 juillet 1593, la cérémonie d'abjuration a lieu à Saint-Denis.

Henri IV s'agenouille non loin des stèles, des statues qui rappellent la mort de Saint Louis, de François Ier, d'Henri II.

Henri IV est roi parmi les rois.

32.

Henri IV n'a pas abjuré mais il est déjà le roi.

Quand les carrosses de son cortège empruntent les chemins défoncés des campagnes, Sa Majesté remarque souvent les traces de la guerre. Elle songe aux milliers de morts parmi les troupes de la Ligue et aux milliers de soldats du roi.

Henri pense à la mort.

« Tant de personnes… », a-t-il souvent répété.

Il a voulu tout savoir du régicide, ce frère prêcheur, Jacques Clément, que les gardes, obéissant aux ordres d'Henri III – « qu'on le tue ! » –, ont défenestré.

Tant qu'il existera, dans le royaume de France, un jeune moine de vingt-deux ans décidé à poignarder le roi, la réconciliation ne sera pas établie en France.

Henri IV le sait : il doit respecter le serment qu'il a, avec les autres nobles, prêté à Henri III mourant.

Et le temps a passé déjà. Le temps presse.

L'abjuration d'Henri de Navarre, roi de France, est décidée. Elle sera célébrée le dimanche 25 juillet 1593.

Jamais on n'aura vu cérémonie aussi grandiose, portée par l'enthousiasme et la piété du peuple. Mais point de Paris : la capitale est occupée par les ligueurs du duc de Mayenne.

La cérémonie aura donc lieu dans la basilique de Saint-Denis où reposent les grands rois de la monarchie française.

Henri III prendra ainsi sa place entre Saint Louis, François Ier et Henri II.

Le 24 juillet dans la nuit, on nettoie les rues de Saint-Denis, et le peuple obéit avec entrain à cet ordre lancé par les gardes du roi.

33.

À huit heures le roi apparaît sous les acclamations de la foule qui s'est rassemblée autour de la basilique dès le milieu de la nuit.

Voici le roi : pourpoint et chausses de satin blanc, manteau et chapeau noir. Autour de lui, les princes, les grands seigneurs, des officiers de la Couronne et autres gentilshommes en grand nombre précédés des Suisses de la garde du roi, des gardes du corps écossais et français, de douze trompettes.

Les rues sont couvertes et tapissées de fleurs et le peuple scande, danse, crie : « Vive le roi ! »

Henri est maintenant tête nue, agenouillé devant l'archevêque de Bourges.

— Qui êtes-vous ? interroge l'archevêque.

— Je suis le roi.

— Que demandez-vous ?

— Je demande à être reçu dans le giron de l'Église catholique, apostolique et romaine.

— Le voulez-vous ? interroge l'archevêque.

— Oui, je le veux et le désire, dit Sa Majesté le roi de France et de Navarre.

Puis il prononce la profession de foi catholique :

— Je proteste et jure devant la face de Dieu tout-puissant de vivre et mourir en la religion catholique, apostolique et romaine, de la protéger et de la défendre envers tous, au péril de mon sang et de ma vie, renonçant à toutes hérésies contraires à l'Église apostolique et romaine.

Henri prête à nouveau serment à genoux devant le grand autel. Et la basilique est envahie par une houle de cris, que le peuple prolonge plusieurs minutes :

« Vive le roi ! Vive le roi ! Vive le roi ! »

Puis le roi se confesse. Le cardinal de Bourbon lui a apporté le livre des Évangiles à baiser...

À la messe succède la fête : roulement de tambours, canonnade, danses, table ouverte pour les grands seigneurs, les gardes, et le peuple. La foule est si dense que la table semble prête à être renversée. Mais le roi quitte les lieux pour gagner Montmartre « pour se rendre à l'église qui, grâce à Dieu, a soutenu le roi de France et de Navarre ».

« J'arrivai au souper de bonne heure et fus importuné jusqu'à mon coucher. »

34.

Henri roi de France et de Navarre est assis face aux archevêques qui sont chargés d'instruire le roi afin qu'il puisse répondre aux questions des prélats sur les problèmes relatifs à la conversion et à l'éducation. Les archevêques de Bourges, d'Évreux et le simple curé de Saint-Eustache sont ainsi rassemblés.

À leur grande surprise, les ecclésiastiques découvrent la profondeur de la culture religieuse d'Henri IV.

Les prélats posent leurs questions, et au lieu d'être désarçonné, le roi franchit l'obstacle d'un seul élan.

« Pour le regard du purgatoire, ainsi il leur dit qu'il le croirait, non comme article de foi, mais comme croyance de l'Église de laquelle il était fils et aussi pour leur faire plaisir sachant que c'était le pain des prêtres… »

Comment dire plus ironiquement que les « indulgences » réduisent la durée de séjour au purgatoire ? Il s'agit donc seulement… d'acheter ces indulgences…

Mais derrière l'ironie, voire le sarcasme, Henri IV dévoile la sincérité de sa conversion et de sa foi :

« Je mets aujourd'hui mon âme entre vos mains, dit le roi de France et de Navarre. Je vous prie, prenez-y garde ; car là où vous me faites entrer, je n'en sortirai que par la mort ; et de cela je vous jure et proteste. »

Et les larmes, cependant qu'il parle, emplissent ses yeux.

Cette instruction dura trois jours, attestant la culture religieuse d'Henri IV.

Le sacre était prévu six mois après.

Cette cérémonie, inscrite au plus profond de la tradition catholique liée à la terre de France, enracinerait le règne d'Henri IV auprès des grands rois défunts.

Plus symbolique encore, Louis IX, roi et saint, reposait dans la basilique de Saint-Denis où avaient eu lieu la conversion et l'abjuration.

Le sacre était d'autant plus nécessaire qu'une large partie du royaume refusait de reconnaître Henri IV comme roi de France. Quant au pape, soumis à la pression du roi d'Espagne, il refusait de reconnaître l'abjuration et continuait de qualifier d'hérétique le roi de France et de Navarre !

Le sacre était donc une nécessité : il liait à jamais la légitimité religieuse à la légitimité dynastique.

On choisit Chartres, puisque Reims était toujours entre les mains des ligueurs.

Ces ligueurs possédaient, en outre, l'huile sainte, qui depuis le sacre de Clovis par saint Remi avait donné tout son sens à l'ampoule d'huile sainte.

Elle était maintenant conservée par les moines de Noirmoutier. Il fallut promettre à cette communauté que l'ampoule d'huile sainte serait rendue.

Mais il fallait aussi reconstituer la couronne, le sceptre, la main de justice, l'épée, ces symboles chargés d'âme ayant été détruits pour empêcher le roi de Navarre de s'en emparer.

Le 27 février 1594, on vint tôt le matin chercher le roi Henri IV à l'hôtel de l'évêché.

Henri IV était allongé dans la première chambre.

Ses vêtements comportaient des fentes qui serviraient à recevoir l'onction.

La procession se forma – princes, chanoines, enfants de chœur.

À l'église, Henri IV, après avoir été couronné, prit place sur le trône situé dans le chœur.

On dit la messe après que l'archevêque eut lancé d'une forte voix et par trois fois : « Vive le roi ! »

Le peuple cria à son tour puis, arquebuses et canons tirant le feu, trompettes, hautbois et tambours retentirent.

On lança des pièces d'or gravées à l'effigie du roi.

Henri était bien Sa Majesté, roi de France et de Navarre, et il reçut le collier de l'ordre du Saint-Esprit créé par Henri III.

Tout était symbole.

Les liens, d'un règne à l'autre, n'étaient plus rompus.

35.

Mais ces liens sont fragiles et Henri roi de France et de Navarre sait qu'il doit, s'il veut être le roi de tous les Français, aller au-delà, c'est-à-dire mettre fin à cette guerre de religion – guerre civile ! – qui oppose huguenots et catholiques.

Henri s'efforce d'unir huguenots et ligueurs – protestants et catholiques.

Or, dans chaque communauté, les habitudes de violence, le goût de la guerre sont vivaces.

Comment, alors que d'une société protestante à une ville catholique on est aux aguets, prêt au combat, élaborer un compromis, une cohabitation, une coexistence, et réussir ainsi à installer la paix dans tout le royaume ?

Tâche d'autant plus difficile que, mêlées aux habitudes de guerre civile, à la soif de domination, s'ajoutent les manœuvres des autres puissances, les ambitions.

Le pape, le roi d'Espagne soutiennent les ligueurs de France, et les huguenots qui entourent Henri IV imaginent une grande coalition regroupant les huguenots des Provinces-Unies des Pays-Bas et les huguenots des Provinces-Unies du midi de la France.

Le royaume apparaît partagé en deux camps : huguenots du midi de la France, et ligueurs catholiques qui dominent Paris, les provinces du nord, de l'ouest et de l'est du royaume.

Et Henri roi de France et de Navarre n'oublie pas que la majorité du peuple de France s'affirme catholique !

Henri de Navarre tente de rapprocher les « politiques » des deux camps. Le mot « politique » est apparu dès 1562. Il accompagne d'autres termes nouveaux : tolérance, « modérés ». Et il y a ceux qui sont « malcontents », « tièdes » et qui sont donc soupçonnés par les huguenots et les ligueurs d'être des hommes prêts aux compromissions, ce dernier mot étant pour beaucoup synonyme de « compromis », cette manœuvre suspecte.

L'un des politiques du temps – Étienne Pasquier – écrit, analysant la situation :

« Les uns soutiennent qu'à quelque condition que ce soit, il faut exterminer l'hérétique par sang, par feu... Les autres, qui pensent être plus retenus, disent que tout cela ne pronostique rien que la ruine de l'État et par conséquent de notre religion, qui en fait partie, et qu'il vaut mieux caler la voile. »

Pour les prédicateurs qui veulent rester fidèles à leur religion, ces « politiques sont des machiavélistes ».

« Les prêcheurs dans leurs chaires crient à gueule bée contre ceux qui désirent rétablir nos affaires…, les appelant tantôt politiques tantôt machiavélistes, c'est-à-dire du tout sans religion… »

Un autre chroniqueur, Jacques-Auguste de Thou, écrit :

« S'il se trouve des gens qui s'opposent à leurs desseins, ils les traitent de politiques, nom qu'ils ont inventé pour désigner leurs ennemis. Ces politiques, si l'on en croit, sont plus dangereux et plus pernicieux que les hérétiques mêmes, ils comprennent sous ce nom les catholiques qui sont ennemis des troubles et des factions. »

Lorsqu'il lit ces libelles, Henri IV, Sa Majesté le roi, mesure la difficulté, et la nécessité de sa tâche. Il s'efforce de soutenir ces « modérés », ces malcontents, ce tiers parti. Il soutient les auteurs de libelles modérés – la *Satyre Ménippée*, le *Dialogue d'entre le Maheustre et le Manant* –, et il fait imprimer une version royaliste de ces pamphlets. En ces années 1593-1594, les manœuvres d'Henri IV, les auteurs de pamphlets qu'il soutient favorisent les politiques d'Henri IV qui veut bâtir la tolérance entre les religions en même temps qu'un pouvoir royal dont il incarnerait la sagesse politique.

Et de ce pouvoir royal il veut être le maître absolu.

Henri sait bien que l'absolution des évêques français – il l'a reçue le 13 juillet 1593 – ne suffit pas. L'absolution pontificale est nécessaire.

Il rejette le point de vue de ceux qui veulent se contenter de la cérémonie française, ne cherchant pas le compromis avec la papauté.

Henri IV, au contraire, délègue à Rome deux de ses plus fidèles conseillers ecclésiastiques – l'abbé d'Ossat et Jacques du Perron.

« Peu importe, juge Henri IV, l'humiliation qu'on vous infligera, c'est moi qu'elle vise et nous désarmons le souverain pontife. »

Pendant le chant du *Miserere*, Sa Sainteté, ayant une baguette de pénitencier, frappait les épaules desdits du Perron et d'Ossat ainsi que l'on a accoutumé de faire aux hérétiques pénitents en acte de leur absolution.

Les deux envoyés d'Henri IV recevront du pape leur chapeau de cardinal et Henri IV est absous.

Aussitôt les courriers apportant de Rome la bonne nouvelle, Henri IV s'adresse aux huguenots.

« Je fais présentement une dépêche générale pour vous donner à tous avis de la résolution que j'ai faite de faire dorénavant profession de la religion catholique, apostolique et romaine… Il a plu à Dieu m'ordonner roi de tous mes sujets que j'aimerai tous en égale considération… »

Des discussions s'engagent entre huguenots, ligueurs, pasteurs, évêques…

Le 13 avril 1598, les discussions s'accélèrent et l'édit de Nantes voit enfin le jour. Il reconnaît l'existence officielle de la religion prétendue réformée (RPR).

La liberté de conscience et de culte est garantie aux protestants. Les réformés peuvent accéder à toutes les places et à tous les offices. Et Henri IV accorde un privilège que bien des catholiques jugent exorbitant : le roi concède aux protestants quelque cent cinquante places de sûreté – villes fortifiées – qui leur serviront de refuge en cas de troubles.

L'édit de Nantes exclut le recours à la force et à la contrainte pour le règlement des conflits religieux et la conquête des âmes. Et le sort des enfants ne peut s'imposer contre le gré de leurs parents.

Ce texte de l'édit de Nantes, qui ouvre la voie à la tolérance et à la réconciliation, repose sur le pouvoir royal.

Tout dépend du sort d'Henri IV, roi de France et de Navarre.

36.

Le sort ?

Lorsqu'il entend ce mot prononcé par l'un de ses proches, Henri IV s'insurge.

Le sort ?

Il y a Dieu et l'unité des chrétiens.

Henri de Navarre l'écrit dans le préambule de l'édit de Nantes.

Pas question de « sort », mais d'une réflexion à propos du choix de Dieu.

« S'il ne lui a plu permettre que ce soit pour encore en une même forme et religion, que ce soit au moins d'une même intention, et avec une telle règle qu'il n'y ait point pour cela de trouble et de tumulte entre eux, et que nous et ce royaume puissions toujours mériter et conserver le titre glorieux de "Très-Chrétien". »

Mais ces mots, ces intentions sont trop grands, trop vastes pour décrire les chemins empruntés par les catholiques, princes de la Sainte Ligue, et les moyens employés par Henri IV pour aller à leur rencontre.

Henri IV paie tout simplement le ralliement au roi des seigneurs de la Sainte Ligue.

Le roi verse des millions de livres : Charles de Lorraine, duc d'Elbeuf, demande et reçoit neuf cent quarante mille huit cent vingt-quatre livres, Charles III de Lorraine touche trois millions sept cent soixante-six mille huit cent vingt-cinq livres. Au total, les sommes versées aux seigneurs ligueurs atteignent trente millions de livres, soit plus que le budget de l'État.

Payeur, Henri IV ne se faisait pas d'illusions sur les mobiles qui poussaient les anciens princes ligueurs vers lui.

Et il avait, lorsqu'il recevait l'un de ces princes, un sourire moqueur et méprisant.

Puis, parfois, la colère et le mépris lui brûlaient la bouche. Et il parlait dru, vrai.

Le 7 février 1599, il s'adresse d'une voix rauque à ces « Messieurs de la cour de Parlement » :

« Ne parlons point tant de la religion catholique, ni tous les grands criards catholiques et ecclésiastiques ! Que je leur donne, à l'un deux mille livres de bénéfices, à l'autre une rente, ils ne diront plus un mot. »

Henri s'interrompt, toise cette assemblée devenue silencieuse.

« Je juge de même contre tous les autres qui voudront parler.

« Il y a des méchants qui montrent haïr le péché, mais c'est par crainte de la peine ; au lieu que les bons le haïssent pour l'amour de la vertu.

« J'ai autrefois appris deux vers latins :
Oderunt peccare boni, virtutis amore ;
Oderunt peccare mali, formidine poenae[1]. »

1. « Les bons s'abstiennent de faire le mal par amour de la vertu ; / Les méchants par crainte du châtiment. »

37.

« Et maintenant la guerre à l'Espagne ! »

Cette exclamation d'Henri IV suscite les acclamations des huguenots.

Depuis des décennies ils doivent affronter les Espagnols de Philippe II. Voilà l'allié des catholiques de la Sainte Ligue.

Philippe II a financé les nobles ligueurs. Il a soutenu les Guises. Il a livré les armes et les chevaux. Il a recherché pour les ligueurs l'appui de la papauté. Il a vraiment tenté d'imposer un homme dévoué aux Espagnols et qui aurait pu occuper le trône de France.

Et le moment est venu d'intervenir.

Henri roi de France et de Navarre est décidé à agir, à prendre sa revanche, à briser la Sainte Ligue, et à trancher les liens qui unissent les catholiques aux Espagnols.

Et, répète-t-il, c'est maintenant la guerre à l'Espagne.

Le 17 janvier 1595, le roi de France déclare la guerre à Philippe II d'Espagne. Et dans les bourgs, les villages, les villes, on affiche, on lit aux carrefours le texte du discours d'Henri IV qui en appelle aux Français pour qu'ils rallient les armées du roi.

Car c'est de la sûreté de la France qu'il s'agit.

« Dans cette longue tragédie de la guerre civile, l'Espagnol a résolu de jouer le principal et dernier personnage. Car toutes ces rébellions des sujets de Sa Majesté n'ont été suscitées et fomentées que par les artifices, l'argent et les forces de cet ancien ennemi de notre patrie, de laquelle il espérait de faire une adjonction à son domaine. »

Henri IV dénonce le rôle de l'Espagne dans cette « guerre civile » française. Son but est clair.

« Qui étouffera la guerre civile, vaincra l'Espagne, déclare Henri IV. Et l'emportera dans la guerre étrangère. »

Les armées d'Henri IV – commandées par le duc de Bouillon et par Biron de Montmorency – se battent dans le Luxembourg, en Bourgogne, dans le Lyonnais.

Henri IV se bat contre le connétable de Castille, Velasco, qui traverse les Alpes en juin 1595.

Le 5 juin 1595, Henri IV remporte la victoire de Fontaine-Française et Velasco choisit de faire retraite. Henri IV l'emporte avec une maigre troupe de deux cents cavaliers et de cent arquebusiers, et en chargeant à la tête de ses cavaliers.

Mais cette modeste victoire ne suffit pas à effacer les défaites françaises dans le Nord (Doullens et Cambrai) et surtout ne masque pas la conquête espagnole d'Amiens, place importante, le 11 mars 1597.

Henri est sombre au lendemain de cette défaite.

Il arpente sa chambre à grands pas, « tout pensif, la tête baissée, les deux mains derrière le dos… Plusieurs de ses serviteurs déjà arrivés sont droits contre les murailles, sans rien se dire les uns les autres, ni que le roi parlât à eux, ni eux à lui ».

Puis Henri IV parle :

« Ah mon ami, dit-il à Sully qu'il a convoqué, quel malheur ! Amiens est pris. »

Le roi raconte la ruse des Espagnols qui leur a permis de prendre la ville. Les soldats se sont déguisés en paysans.

Tout à coup Henri IV s'interrompt et lance :

« C'est assez de faire le roi de France, il est temps de faire le roi de Navarre. »

Sa maîtresse Gabrielle d'Estrées entre dans la chambre. Henri IV va vers elle.

« Ma maîtresse, dit-il, il faut quitter nos armes et monter à cheval pour faire une autre guerre. »

Henri, devant Amiens assiégé par les troupes françaises, révèle son héroïsme, ses vertus de grand capitaine.

La maladie semble pourtant lui broyer les reins, mais le 19 septembre il met en déroute l'armée de secours espagnole envoyée par Philippe II.

Le 25 septembre, les Espagnols capitulent et Henri IV est acclamé lorsqu'il entre dans Amiens à la tête de ses cavaliers et de ses arquebusiers. Dans tout le royaume on célèbre des messes pour remercier Dieu et le roi. Cependant que les diplomates espagnols et français négocient le traité de paix durant trois mois.

Les Espagnols ne conservent que Cambrai alors qu'ils avaient pris six villes. Le traité de paix de Vervins est signé le 2 mai 1598.

L'Europe, hier dominée par l'Espagne, change de visage.

Les alliés des huguenots français – l'Angleterre, les Provinces-Unies – s'inquiètent du traité signé entre l'Espagne de Philippe II et la France d'Henri IV.

Le roi de France et de Navarre apparaît comme vainqueur. Ses sujets l'acclament.

La France paraît en avoir fini avec ses guerres civiles qui sont des guerres de religion.

Henri IV voudra-t-il affirmer la prépondérance française ?

Pour une grande partie de son peuple, il est le plus grand des rois.

Qui peut abattre Henri IV roi de France et de Navarre ?

38.

« Je suis roi maintenant et parle en roi. Je veux être obéi. »

Henri IV s'exprime ainsi, d'une voix forte, ne quittant pas des yeux les membres du parlement de Paris.

La guerre de religion est terminée et Philippe II, roi d'Espagne, est mort. Mais de nombreux parlementaires se sont montrés réticents à l'enregistrement de l'édit de Nantes. Des amendements ont été votés par ces parlements. Et Henri roi de France et de Navarre, roi victorieux, veut mêler la pensée et le ton bienveillants, et en même temps rappeler qu'il est Sa Majesté le roi.

« Je viens parler à vous, dit-il, non point en habit royal, avec l'épée et la cape comme mes prédécesseurs, ni comme un prince qui vient parler aux ambassadeurs étrangers, mais vêtu comme un père de famille, en pourpoint, pour parler familièrement à ses enfants.

« Je vous prie de vérifier l'édit que j'ai accordé à ceux de la religion. Ce que j'en ai fait est pour le bien de la paix ; je l'ai faite au-dehors, je la veux faire au-dedans de mon royaume…

« Ne m'alléguez point la religion catholique. Je suis fils aîné de l'Église, nul de vous ne l'est, ni le peut être… Je vous ferai tous déclarer hérétiques pour ne me vouloir pas obéir… »

Il parle et le ton change :

« Je suis roi maintenant et parle en roi. Je veux être obéi. »

Mais en même temps qu'il affirme son inaltérable autorité royale, il organise des rencontres, des débats, des confrontations, manière de faire vivre dans le royaume l'édit de Nantes et de façonner, par ces échanges d'idées, l'unité du royaume de France.

Et au cœur de l'édit, il y a la volonté de parvenir à la « tolérance ».

Les huguenots ont obtenu des droits importants : les places de sûreté sont autant de môles protestants dans le royaume.

Henri IV ordonne d'abord un recensement des protestants[1].

Puis le roi organise des « assemblées » politiques surveillées, viviers où l'État puise les représentants des huguenots.

Il favorise de même l'insertion des élites protestantes, leur procure des privilèges, si bien que les communautés huguenotes sont à la fois renforcées au cœur de l'État en dépit des conversions et abjurations,

1. Cinq à six pour cent de la population, soit autour d'un million deux cent cinquante mille huguenots.

et affaiblies puisqu'elles deviennent des rouages au service du roi.

« Comme roi et comme homme particulier, explique-t-il, j'ai deux volontés. Comme particulier je désire qu'il n'y ait qu'une religion en tout l'État ; comme roi je désire la même chose, mais néanmoins je sais me commander et me sers des uns et des autres où il faut… »

Le 15 avril 1599, il promulgue l'édit de Fontainebleau qui « condamne la force et la contrainte des consciences parce que de tels remèdes se sont trouvés faibles et ont semé tumultes, discordes et dissensions ».

L'édit de Nantes laissait à l'Église catholique sa prééminence de religion d'État qui affirmait la tolérance.

En Béarn, la religion protestante jouit d'une situation équivalente à celle de l'Église catholique dans tout le royaume.

Des universités protestantes constituent dans plusieurs villes (ainsi Nîmes, Orthez, Digne, Montauban…) des lieux où l'on enseigne la théologie au sein du royaume de France et non à l'étranger.

Selon Henri IV, être huguenot c'est être français. Cela vaut pour un quelconque sujet du roi. Et le roi a pour mission de renforcer l'unité du royaume et de protéger ses intérêts.

39.

La France ! Les Français !

Henri IV, lors des combats qui l'ont opposé aux ligueurs, a souvent, avant de lancer un assaut, invoqué la France et les Français, ce royaume, cette patrie, ces sujets.

Et il en appelle aussi à la France – royaume patrie – quand il constate que les parlements s'opposent à l'enregistrement de l'édit de Nantes. Et le pape Clément VII déclare à l'abbé d'Ossat que cet édit est « le plus maudit qu'il se puisse imaginer ».

Henri IV mesure alors la force et la diversité de l'opposition – notamment parlementaire – à l'édit de Nantes.

Il décide donc de convoquer les parlementaires au Louvre.

« Devant que de vous parler de ce pour quoi je vous ai amandé, commence-t-il, je vous veux dire une histoire… Incontinent après la Saint-Barthélemy, quatre qui jouions aux dés sur une table y vîmes paraître des gouttes de sang, et voyant qu'étant essuyées par deux fois, elles revenaient pour la troisième, je dis que je ne jouais plus, et que c'était un augure contre ceux qui l'avaient répandu. M. de Guise était de la troupe. »

Les parlementaires baissent la tête.

Henri IV veut que chaque présent dans la salle comprenne la signification de l'histoire : la Saint-Barthélemy suinte le crime, et ceux qui continueront à jouer feront couler les gouttes de sang.

Henri IV reprend la parole :

« Ce que j'ai à vous dire est que je vous prie de vérifier l'édit que j'ai accordé à ceux de la religion...

« Je sais bien qu'on a fait des brigues au Parlement, que l'on a suscité des prédicateurs séditieux, mais je donnerai bien ordre contre ces gens-là, et je ne m'en reposerai de ce soin.

« C'est le chemin qu'on a pris pour faire les barricades et venir par degré à l'assassinat du feu roi.

« Je me garderai bien de tout cela : je couperai la racine à toutes factions, à toutes prédications séditieuses et je ferai raccourcir tous ceux qui les susciteront.

« J'ai sauté sur des murailles de villes : je sauterai bien sur des barricades qui ne sont pas si hautes.

« Ne m'alléguez pas la religion catholique. Je l'aime plus que vous : je suis plus catholique que vous. Je suis fils aîné de l'Église. Vous vous abusez si vous pensez être bien avec le pape. J'y suis mieux que vous...

« Ceux qui ne voudraient pas que mon édit passe veulent la guerre. Je la déclarerai à ceux de la religion, mais je ne la ferai pas : vous irez la faire, vous, avec vos robes, et rassemblerez la procession des capucins qui portaient le mousquet sur leurs habits. Il vous fera bon voir !

« Je vous ai dit : je suis roi maintenant, et parle en roi, et veux être obéi !

« À la vérité, la justice est mon bras droit, mais si la gangrène s'y prend, le gauche le doit couper. Quand mes régiments ne me servent pas, je les casse. Que gagnerez-vous ? Quand vous ne voudriez vérifier mon dit édit, aussi bien le ferai-je passer. Les prédicateurs auront beau crier…

« Donnez à mes prières ce que vous voudriez donner à mes menaces, vous n'en aurez point de moi. Faites seulement ce que je vous commande au plus tôt, ou plutôt ce que je vous prie.

« Vous ne le ferez pas seulement pour moi, mais aussi pour vous, et pour le bien de la paix. »

Après un tel discours, et les pensées du roi, ses sentiments, sa lucidité qu'il révèle, l'édit de Nantes fut enregistré. Les dos et les nuques se courbèrent.

Mais la haine est tenace. Et parmi les parlementaires et les anciens ligueurs, ils sont nombreux ceux qui maudissent le jour où ils ont prêté serment à un roi huguenot.

« Henri IV ! Toujours un hérétique », pense-t-on parmi les anciens ligueurs.

40.

Henri IV chevauche dans cette campagne française parsemée de ruines.

Les villes ont été assiégées, les demeures pillées, les saccages et les incendies ont détruit les fermes, les bourgs et souvent les châteaux. On ne compte pas les morts.

Les communications sont difficiles : les ponts sont rompus, les rivages marins sont livrés aux pirates, au nord comme au sud du royaume.

Les marchands sont attaqués.

Le 1er mai 1598, s'adressant aux compagnons qui l'entourent, Henri IV lance :

« La France et moi avons besoin de reprendre haleine... »

Henri IV, parcourant ce paysage désolé, sait bien que c'est toute la France qui a « besoin de reprendre haleine », étouffée qu'elle a été par des années de guerres civiles ou religieuses.

Les plus pauvres ont faim. Les mendiants ont envahi les villes. À Paris, le lundi 4 mars 1596, on compte au cimetière des Innocents sept mille sept cent soixante-neuf pauvres, exsangues, affamés.

Les hôpitaux sont devenus des mouroirs où se sont réfugiés malades et invalides qui ne sont pas soignés.

Du 1er janvier au 10 février 1596, il meurt à l'Hôtel-Dieu de Paris quatre cent seize malheureux, la plupart de faim.

Cette situation provoque des mouvements de révolte.

Près de Bergerac, dans la plaine de la Soule, vingt mille paysans se sont réunis, arborant leurs chapeaux au bout de leurs armes. Ils menacent, ils crient :

« Liberté ! Liberté ! Vive le tiers état. »

Les gentilshommes recrutent et forment, pour faire face aux croquants, des « compagnies », des « milices ».

Les nobles accusent « les peuples du Limousin de s'élever contre tout droit divin et humain, car ils refusent de payer les dîmes » données dès le commencement du monde pour le service de Dieu, et les tailles qui sont dues au roi.

Les nobles accusent aussi les paysans de vouloir renverser la monarchie et établir un gouvernement à l'image de celui des Suisses.

Des combats opposent les nobles aux « croquants » mais, peu à peu, les paysans se dispersent et la situation se calme. Les paysans se remettent aux labours.

Quant aux nobles, ils retrouvent les villes et leurs châteaux. Mais l'hostilité entre « seigneurs » et « croquants » demeure sous-jacente.

Henri IV le dit : « Les lendemains du royaume de France sont incertains. »

Henri ressent ce climat qui emporte toutes les couches du royaume.

Il a assisté à la Saint-Barthélemy et l'a subie.

Henri III a été assassiné par Jacques Clément.

La famine, la pauvreté provoquent des révoltes qu'Henri IV ou ses fidèles n'hésitent pas à réprimer.

Et puis il y a la guerre qui se profile : guerre intérieure d'abord.

Henri roi de France et de Navarre sait qu'il est comme a été Henri III : une cible que les anciens ligueurs rêvent de tuer !

Henri IV confie souvent à son proche le plus efficace, Sully :

« Les temps pacifiques m'ont donné plus d'anxiété, de peines et de soucis que tous les plus turbulents et les plus militaires. »

Parce qu'il perçoit les orages qui approchent, Henri IV veut se donner les moyens de combattre, de se défendre.

Il crée un conseil privé et un conseil secret.

Maîtres des requêtes, conseillers d'État, secrétaires d'État, ministres et chanceliers constituent une armature qui doit résister aux attaques ennemies, à la guerre étrangère.

Pour s'opposer aux parlements ligueurs, Henri IV établit aussi de nouveaux parlements à Tours, Châlons-sur-Marne, Caen, Carcassonne, Flavigny et Pertuis.

Cette architecture efficace et prestigieuse attire les dignitaires catholiques qui collaborent avec le roi et deviennent – souvent après une conversion – les plus brillants et les plus dévoués de ses proches.

Henri IV est fasciné par l'un d'eux, Jacques du Perron.

Renaud de Beaune et l'abbé Arnaud d'Ossat apportent au roi leur culture, leur expérience et le fait qu'ils aient été catholiques.

Jacques du Perron fascine le roi en lui démontrant que Dieu existe et il ajoute : « Sire, j'ai prouvé aujourd'hui par raisons très bonnes et évidentes qu'il y avait un Dieu ; demain, sire, s'il plaît à Votre Majesté me donner encore audience, je vous montrerai et prouverai par raisons aussi bonnes et évidentes qu'il n'y a point de Dieu… »

Henri IV, lorsqu'il écoute ces brillants ecclésiastiques devenus ses conseillers, éprouve une sorte de jubilation, de ravissement. Car ces joueurs d'idées et de mots, ces jongleurs avec la foi lui sont fidèles et il l'est lui aussi à leur égard.

Mais les adversaires du roi utilisent ces rumeurs, ces récits, pour montrer qu'Henri IV n'est pas un homme de foi.

Ce qui importe, dit-on du roi, c'est qu'il ne croit pas, utilisant la religion pour conforter son pouvoir.

Mais le plus efficace de ses conseillers, celui auquel Henri IV est le plus attaché, est Maximilien de Béthune, duc de Sully, né en 1559, descendant d'une famille de haute noblesse de robe et d'épée.

Il est fier de ses origines.

« S'il y a beaucoup d'hommes plus riches que nous en France, il en existe peu de plus noble maison ou de meilleur sang que nous qui descendons d'un roi de France. »

41.

Haute et vieille noblesse, Sully – fait duc en 1606 – revendique avec fierté, orgueil son ascendance royale.

Mais en même temps, est-ce un effet de la morale huguenote ? il souligne qu'il est loin d'être parmi les plus riches du royaume.

Cette modestie n'est pas de mise ! Il touche cent cinquante mille livres par an et le roi lui attribue le bénéfice de plusieurs abbayes.

Entre les deux hommes, entre ce roi désinvolte et celui qui est en face, un Premier ministre, on parle franc, et la familiarité s'impose sans apprêt.

Henri IV aime s'inviter à la table de Sully.

— Monsieur le grand maître, je suis venu au festin sans prier ! Serai-je mal dîné ?

— Cela pourrait bien être, sire, car je ne m'attendais pas à un honneur si excessif.

— Or je vous assure bien que non, car j'ai visité vos cuisines en vous attendant…

Entre les deux hommes – les deux complices ! – il y a aussi la familiarité des vieux soldats, ce qu'Henri IV et Sully ont été de conserve au temps des guerres civiles et de religion.

Entre le roi et Sully, on garde la rudesse des gentilshommes liée à la terre et aux mœurs qui excluent minauderies ou artifices.

« Monsieur de Sully, raconte Tallemant des Réaux, avait prophétisé que sa fille serait une bonne dame, car un jour, après l'avoir fessée à son ordinaire devant les gens, il lui mit le doigt où vous savez et, l'ayant porté au nez : "Vertudieu ! s'exclama-t-il, qu'il sera fin !" On m'a dit que ce fut Arnauld du Fort, depuis maître de camp des Carabins, qui en eut le pucelage... »

Cette familiarité – ces gauloiseries – sont le plus souvent de mise. Et d'autant plus qu'Henri IV traite les « robins » – ces juristes à son service – avec une grande désinvolture.

Face à ces gens de justice, il est Sa Majesté, qui les bouscule, ose dire leurs quatre vérités à ces noblaillons ambitieux et âpres au gain d'autant plus que les coffres royaux sont le plus souvent vides.

Il leur reproche de n'apporter point de remèdes pour en tirer au moins de quoi faire vivre les armées.

« Si vous me faisiez offre de deux ou trois mille écus chacun, ou me donniez avis de prendre vos gages ou ceux des trésoriers de France, ce serait moyen de ne point faire des édits. Mais vous voulez être bien payés, et pensez avoir beaucoup fait quand vous m'avez fait des remontrances pleines de beaux discours et de belles paroles ; et puis vous allez chauffer et faire tout à votre commodité. »

Henri IV est donc loin d'être dupe des robins qui se servent en le servant.

Le roi n'a confiance qu'en cette poignée d'hommes qui sont comme lui de vieille noblesse, gens libres dans une société qui est au service du souverain, qui lui-même gratifie ceux qui le servent.

Mais c'est à Sully qu'il se confie d'abord.

Interrogeant un serviteur qui lui répond que Sully écrit dans son cabinet, Henri IV répond :

« Pensez-vous en effet qu'on me dût dire qu'il fût à la chasse, ou au brelan, chez Coiffier, ou chez les dames ! N'est-ce pas chose étrangère à l'esprit de cet homme-là, qui ne se lasse jamais du travail des affaires ? »

Et il est vrai que Sully se mettait à son bureau dès trois heures du matin, pour ne le quitter que pour l'heure du dîner, Sully se couchant rarement au-delà de dix !

Ainsi, avec à son sommet un souverain qui, s'il apprécie les « plaisirs », n'oublie jamais ses devoirs envers son royaume et ses sujets, la France apparaît sur la voie du retour à la paix civile.

L'État est en passe de devenir une machine efficace, toute guidée par son roi et les hommes qu'il a choisis.

Pour autant, cette centralisation n'empêche pas les hésitations et Henri IV est lent à se décider.

La question de la paix intérieure du royaume le hante toujours comme le risque de guerre étrangère.

Un allié, l'ambassadeur des Provinces-Unies à Paris, écrit :

« Les irrésolutions recommencent. L'on délibère sans rien résoudre. La guerre est bien apparente et les moyens d'achèvement très lents. »

Conscient de ses hésitations, Henri IV prend le bras de Sully, l'entraîne vers le parc.

« Allons nous promener nous deux seuls, dit Henri IV, car j'ai à vous entretenir longuement des choses dont j'ai été quatre fois près de vous parler. »

42.

À Sully, et aux quelques compagnons proches à qui il peut faire confiance, Henri roi de France et de Navarre ne cède rien !

Alors que rentré à Paris, il a encore les yeux remplis d'images cruelles, il écrit à Sully :

« L'état où je me trouve réduit est tel que je suis fort proche des ennemis et n'ai quasiment pas un cheval sur lequel je puisse combattre, ni un harnais complet que je puisse endosser ; mes chemises sont toutes déchirées, mes pourpoints troués au coude, ma marmite est souvent renversée et depuis deux jours, je dîne et je soupe chez les uns et les autres, mes pourvoyeurs disant n'avoir plus moyen de rien fournir pour ma table, d'autant qu'il y a plus de six mois qu'ils n'ont reçu d'argent. »

Il conclut :

« Vous savez que lorsque Dieu m'appela à cette Couronne, j'ai trouvé la France non seulement ruinée, mais presque perdue pour les Français. »

Chaque semaine, et souvent tous les jours, le roi interroge Sully sur l'état des finances.

Les recettes rentrent mal dans les caisses du gouvernement. Le déficit du budget dépasse dix millions de livres, et l'endettement de l'État s'élève à trois cents millions.

Henri IV harcèle Sully et celui-ci agit dans l'urgence, renégociant les dettes du roi.

Mais en dépit de mesures nouvelles (la paulette est ainsi un impôt exceptionnel qui permet aux officiers royaux de transmettre leur charge), la situation est périlleuse.

Henri choisit de combattre le déficit en allégeant les impôts directs et en orientant la politique fiscale vers les impôts indirects.

Sully, aiguillonné par le roi, introduit la rigueur dans l'orientation des recettes fiscales.

On traque les financiers qui augmentent leur fortune en s'appuyant sur la lutte contre la corruption.

La situation fiscale s'améliore mais la misère, la faim, la détresse continuent de susciter des troubles, des révoltes.

Henri IV, parce qu'il a parcouru tout le royaume en cette période de guerre, n'ignore rien de la situation des différentes catégories du peuple.

Il confie, mêlant la sincérité au paradoxe :

« Si je n'avais pas été ce que j'étais et si j'avais eu un peu de loisir, je serais volontiers devenu croquant ! »

Quand le duc de Savoie lui demande ce que la France lui vaut de revenus, Henri IV répond :

« Elle me vaut ce que je veux… Parce que ayant gagné le cœur de mon peuple, j'en aurai ce que je voudrai, si Dieu me prête encore la vie, je ferai qu'il n'y aura point de laboureur en mon royaume qui n'ait le moyen d'avoir une poule dans son pot… et je ne laisserai point pour cela d'avoir de quoi entretenir des gens de guerre pour mettre à la raison tous ceux qui choqueront mon autorité… »

Dans une ordonnance enregistrée à Blois le 8 avril 1599, il insiste sur l'importance de l'agriculture :

« La force et la richesse des rois consistent en l'opulence de leurs sujets. »

Et Sully commente l'insistance d'Henri IV à souligner le rôle du labour et de la culture de la terre qui leur rend… Il ajoute :

« Le peuple de la campagne duquel vous aviez toujours un soin merveilleux disait souvent au roi que le labourage et le pâturage étaient les deux mamelles par lesquelles la France était alimentée, et ses vraies mines du Pérou. »

Car l'or des Amériques, les succès des navigateurs espagnols, portugais, génois font rêver Henri IV et ses conseillers.

Certes Henri IV se félicite de l'introduction, sur les terres du royaume de France, du « gros grain de Turquie », dont la culture sous le nom de maïs se répand et enrichit les régions de l'Aquitaine.

Le roi ne veut rien négliger : ni le labourage et le pâturage traditionnels, ni les nouvelles espèces, ni les initiatives industrielles et commerciales.

Le royaume de France doit être partout présent.

« Ventre-saint-gris ! s'écrie Henri IV en recevant un livre écrit et dédicacé par un tailleur qui est au service de la maison de Navarre. Ventre-saint-gris, si mon tailleur fait des livres, j'entends que mon chancelier refasse des chausses ! » tonne le roi Henri.

Par son allant, son enthousiasme, ses passions, sa volonté de faire aussi bien que l'Espagne et le Portugal sur les terres d'Amérique, le roi entraîne des hommes soucieux de la culture des espèces nouvelles (Olivier de Serres, Barthélemy de Laffemas) qui se préoccupent de développer la qualité et le luxe des productions françaises.

« N'entendons toutefois y comprendre les bons livres, déclare Laffemas, ni pareillement les peintures et sculptures qui seront faites et façonnées de bons maîtres du vivant et auparavant le règne de François Ier. »

Henri IV se soucie ainsi personnellement des productions qui attirent les acheteurs étrangers amateurs de cuir, de tapis, de cristal et de miroirs.

Du même pas, avec la même ambition, Henri IV veille donc sur les objets de luxe dont le commerce alimente les échanges avec l'étranger. Et, pour faciliter ce mouvement des biens, Henri IV développe les routes, reconstruit les ponts, fonde les ports.

Et Sully, devenu en 1599 le grand voyer des routes de France, s'adresse avec force aux officiers royaux qui sont au service du roi, et chargés de la création et de l'entretien des ponts et des routes.

« Quel coin, quelle place, quelle province y a-t-il en ce royaume qui ne ressente le fruit de votre soin ? En quel lieu ne se retrouvent les marques de votre prévoyance ?... Tant de ports, tant de chemins réparés que la postérité croira mal aisément ou s'étonnera avec ceux de ce siècle qu'un homme seul ait entrepris et achevé un si grand nombre d'ouvrages... Outre la commodité que la facilité des chemins apporte au commerce, les ouvrages publics chassent deux grandes pestes du royaume : l'oisiveté et la pauvreté. Vous les avez bannies avec tant d'autres maux funestes. »

Henri IV veut voir les grands travaux (routes, ponts, canaux, etc.) dont on lui fait l'éloge : il se rend sur le chantier du canal de Briare qui doit unir le bassin de la Seine à celui de la Loire. Il visite les villes du royaume transformées selon les désirs du roi : les places – Dauphine, Royale, des Vosges – ouvrent Paris. On construit le nouveau Louvre, le château de Saint-Germain-en-Laye.

« La force et la richesse des rois consistent en l'opulence et nombre de leurs sujets », conclut le roi de France et de Navarre.

« Ce que nous considérons, et que Dieu, par sa sainte bonté, nous a donné la paix dedans notre royaume ; nous avons estimé nécessaire de donner moyen à nos dits sujets de pouvoir augmenter ce trésor. »

La France n'est plus le royaume ruiné des débuts du règne d'Henri IV mais une nation dont le monarque veille, à chaque instant et dans tous les aspects, au développement.

La laissera-t-on grandir encore ?

43.

Henri roi de France et de Navarre sait bien que le pape, les rois – et d'abord celui d'Espagne –, les princes s'interrogent sur ses projets.

On lit les rapports des ambassadeurs et on évalue les ambitions du roi. Fera-t-il la guerre maintenant que son royaume a recouvré ses forces ?

Il a créé des ports, une flotte, une armée qui est celle du royaume et non composée de mercenaires, dont on connaît la violence et la versatilité.

Il fait construire une galerie, « une construction très élégante qui va du Louvre jusqu'à son jardin de plaisance, les Tuileries, que l'on appelle également "la maison de la reine" ».

Les ambassadeurs se procurent les plans, les devis, et commentent pour leurs souverains l'attitude d'Henri roi de France.

« Il emploie chaque jour et sans relâche pour ce travail – construire la galerie des Tuileries – un nombre considérable d'ouvriers, afin de pouvoir le terminer et d'en jouir de son vivant. J'ai entendu dire moi-même de Sa Majesté lorsqu'elle eut empoché un gain au jeu de paume : "C'est pour mes maçons."

« Il dit aussi de temps en temps qu'il est bizarre qu'à son âge il entreprenne ce travail, mais qu'il le fait pour pouvoir se promener et voir ce qui se passe sur la Seine. »

Au vrai, il veut tout connaître de son royaume. Il est aux aguets, sur ses gardes.

Une partie de ses ennemis – les plus déterminés des adhérents de la Ligue – n'a pas renoncé à le tuer. Des libelles sont répandus dans de nombreuses villes de France, dénonçant le roi comme hérétique.

L'Église lui est hostile, doute de la sincérité de sa conversion. On l'accuse de ne pas respecter les règles élaborées au concile de Trente[1].

On critique aussi les privilèges qu'il accorde à ses proches. Charles de Bourbon, son frère bâtard, cumule deux évêchés. Il nomme son fils bâtard, Henri de Verneuil, évêque de Metz à l'âge de sept ans !

Le 27 décembre 1594, un ancien élève du collège de Clermont – le premier collège de la Compagnie de Jésus –, Jean Chastel, se jette sur le roi, le frappe d'un coup de couteau au visage. Les blessures sont légères – une entaille à la joue et une dent cassée – mais l'émotion est immense.

Le parlement de Paris, hostile à la Compagnie, condamne un père au bannissement, et un second à la pendaison.

1. 1545-1563.

Jean Chastel est voué au supplice de l'écartèlement. N'a-t-il pas tenté de « démembrer » le corps du roi ?

Quatre chevaux attelés aux quatre membres de Chastel déchirent en s'élançant le corps du coupable.

Ce qui reste du régicide est brûlé par le bourreau et ses cendres dispersées au vent.

Et les Jésuites sont condamnés à quitter le royaume dans les quinze jours !

Ce jugement prononcé par le parlement de Paris surprend Henri IV qui, en 1603, va permettre le retour des Jésuites.

Mais Henri IV va plus loin, faisant l'apologie de la Compagnie.

« Si la Sorbonne les a condamnés, ça a été sans les connaître, dit-il. Ils attirent à eux les beaux esprits et choisissent les meilleurs et c'est en quoi je les estime. Quand je fais des troupes de gens de guerre, je veux que l'on choisisse les meilleurs soldats, et que nul n'entrât en vos compagnies qui n'en fût bien digne ; que partout la vertu fût la marque et fît la distinction des hommes.

« Quand bien même, poursuit le roi, Chastel les aurait accusés, comme il n'a pas fait, et qu'un jésuite même eût fait ce coup duquel je ne me veux plus souvenir, et confesse que Dieu voulut alors m'humilier et sauver (dont je lui rends grâce), faudrait-il que tous les Jésuites en pâtissent et que tous les apôtres fussent chassés pour un Judas ? »

Le roi veut aussi effacer le souvenir des luttes passées.

« Il ne leur faut plus reprocher la Ligue. C'était l'injure du temps. Ils croyaient bien faire et ont été trompés comme plusieurs autres… Ils sont nés en mon royaume et sous mon obéissance et je ne veux entrer en ombrage de mes naturels sujets.

« Et si l'on craint qu'ils communiquent mes secrets à mes ennemis, je ne leur communiquerai que ce que je voudrai.

« Laissez-moi conduire cette affaire ! J'en ai manié d'autres bien plus difficiles et ne pensez plus qu'à faire ce que je vous dis ! »

En autorisant les Jésuites à rentrer en France, Henri IV permettait à l'Église d'appliquer la politique de réforme du concile de Trente. Mais c'est le roi de France et de Navarre que la tentative de régicide rapproche de son peuple. Il est une victime héroïque.

« En maintenant l'interdit, dit le roi Henri IV, j'aurais jeté les régicides dans les desseins d'attenter à ma vie. Ce qui me la rendrait si misérable et langoureuse, demeurant toujours dans la défiance d'être empoisonné ou bien assassiné (car ces gens ont des intelligences et des correspondances partout et grande dextérité à disposer des esprits selon qu'il leur plaît), qu'il me vaudrait mieux être déjà mort, étant en cela de l'opinion de César que la plus douce est la moins prévue et attendue. »

44.

Henri IV, roi de France et de Navarre, pense à la mort.

C'est comme si le supplice horrible infligé à Jean Chastel ne cessait de hanter les nuits et même les chevauchées du roi.

Que de morts lui reviennent en mémoire, dont l'agonie d'Henri III après qu'il eut été frappé à coups de couteau au bas-ventre. Et le corps du régicide Jacques Clément précipité par la fenêtre et tombant du château désarticulé comme un pantin.

Et reviennent à Henri IV les morts de la Saint-Barthélemy et ceux des guerres civiles.

Mais il voit d'abord, toujours, le poing tranché de Jean Chastel, et la peau du corps qui lui est arrachée, et enfin les quatre chevaux qui, attelés chacun à un membre, les lui arrachent.

C'est cette mort criminelle qu'il voudrait chasser du royaume, et s'il le faut, il fera la guerre. Il y pense chaque jour, il en évoque la possibilité et la nécessité.

Et par un retour de sa pensée, il songe une nouvelle fois à la mort, et il rêve à la paix.

Comment serait-elle possible si le royaume n'était pas d'abord pacifié ? Si les mœurs, après cette longue période de guerre, ne s'étaient pas assagies ?

Il crée donc des écoles, une université à Orthez. Il définit le rôle des collèges.

« Le plus important, insiste le roi, est d'enseigner dans les "petites écoles" la lecture, le calcul et l'écriture, et les principes essentiels de la foi. »

Et, couronnant cet édifice scolaire, les universités, les collèges jésuites sont rétablis.

« L'université a l'occasion de regretter les collèges jésuites, puisque par leur absence elle a été comme déserte ; et les écoliers les ont été chercher dedans et dehors mon royaume. »

Le roi, dans cette volonté de redonner tout son prestige à l'école, rénove le Collège royal, cette création de François Ier.

Ainsi, d'un règne à l'autre, de François Ier à Henri IV, la continuité de la politique royale concernant l'école est-elle manifeste.

Henri IV veut aussi combattre la pauvreté, ces milliers de vagabonds, de mendiants qui peu à peu chassent de tels quartiers les indigents, les affamés, les pauvres. Et c'est notamment le cas autour de l'église des Innocents.

La ville change donc, et d'abord Paris. La sécurité n'y est pas assurée. Les querelles se multiplient : des gentilshommes ont suivi Henri depuis la Navarre et le Béarn, et les duels se multiplient parce que ces jeunes bretteurs sont audacieux, courageux, ambitieux.

Henri IV « prit peu de soins pour empêcher les duels, car il ne les souffrait pas seulement, mais montrait les approuver, permettant qu'on en parlât devant lui et élevant ou blâmant ceux qu'on disait avoir bien ou mal fait, ce qui donnait une telle émulation à ceux qui arrivaient nouvellement à la cour qu'au lieu de se battre seulement comme par une espèce de nécessité et pour des offenses qui se faisaient souvent par hasard, ils en cherchaient l'occasion pour gagner réputation auprès du roi et se mettre dans son estime, ce qui causa la perte d'une infinité de gens ».

Ce n'est qu'en 1602 qu'Henri IV prit le premier édit contre les duels.

Il déclarait le duel « coutume blâmable » et, s'adressant à ces gentilshommes qu'attiraient les affrontements, il ajoutait :

« L'honneur les oblige devant toute chose de porter respect à leur prince souverain et obéissance aux lois de leur patrie. »

Mais le roi excusait par avance la continuation de ces duels. Il les attribuait « à la chaleur et au courage ordinaire à ceux de cette nation qui, pendant l'heureuse paix, se retrouvent sans emploi ».

45.

Autour du roi, après le souper, on parle, on joue. Les courtisans sont souvent des Gascons qui ont rejoint la cour du « Béarnais » – Sa Majesté le roi de France et de Navarre –, espérant y faire fortune, gagner une partie de dés, être au jeu de paume les vainqueurs d'un seigneur.

« Vous voulez savoir de quoi sont nos discours ? Ils sont de duels où il faut bien se garder d'admirer la valeur d'aucun, mais dire froidement : "il a, ou il avait, quelque peu de courage" ; et puis de bonnes fortunes envers les dames… Et voilà le compagnon qui n'en est pas dépourvu ! »

Le roi se retire après onze heures, sans cérémonial.
On parle encore :
« Nous causons de l'avancement en cours de ceux qui ont obtenu pensions. »
On chuchote, on répète qu'une courtisane arrivant pour la première fois à la cour a confié :
« J'ai vu le roi, mais je n'ai pas vu Sa Majesté. »

Les familiers de la cour d'Henri II ne réussissent pas à cacher leur déception lorsqu'ils sont confrontés à Henri IV.

Et d'autant plus que le « Béarnais » fait de moins en moins d'efforts d'élégance.

Béarnais ! Il faut le prendre tel qu'il est !

Il se moque ouvertement de ces jeunes gentils-hommes qui lancent la mode et se pavanent.

Henri IV s'affiche en roi campagnard, en soldat.

Un témoin note :

« Sa Majesté n'aimait pas à agencer curieusement sa chevelure ni même seulement à se coiffer et détestait ceux qui soignaient leurs cheveux. Je me souviens à ce propos qu'un soir, pendant son souper, apercevant à l'entour de sa table des gentilshommes qui portaient les cheveux gaufrés, sans faire semblant de parler à eux, il se mit à discourir de la vanité de ceux qui emploient toute une matinée à se peigner, à se gaufrer les cheveux, et dit tout haut qu'il n'aimait point les gentilshommes qui s'amusaient à de telles superfluités... »

Tout était plus simple autour du roi.

Les portes du Louvre ouvraient à cinq heures. Henri IV se levait à sept heures du matin.

Le cérémonial était réduit. On ne voyait pas encore le roi et sa « partenaire » de la nuit. Des rideaux les dissimulaient. Mais la discussion avait commencé.

Quand le roi tirait les rideaux, on découvrait la reine Marie de Médicis ou, cela dépendant des nuits, Gabrielle d'Estrées, « maîtresse en titre » !

Des courtisans attendaient le roi dans l'antichambre. Puis on tenait conseil.

Le déjeuner était servi après neuf heures et demie. Le premier maître d'hôtel annonçait : « Sire, la viande de Votre Majesté est portée ! »

Les jeux de paume, les parties de dés, les réceptions de courtisans, de familiers, d'ambassadeurs, les longues conversations avec Sully, les farces aussi comblaient la journée.

On riait fort, on s'esclaffait, on applaudissait le fou du roi – Chico – qui se moquait de tous et même du roi.

On dansait.

Marie de Médicis organisait les festivités, veillait sur le ballet que dansaient les suivantes de la reine.

Le roi Henri venait assister aux répétitions, aux représentations. Il était d'autant plus présent que, parmi les jeunes femmes ou jeunes filles qui composaient le ballet de la reine, il n'avait pu détacher ses yeux d'une jeune femme de grande beauté, Charlotte de Montmorency, la fille du connétable.

On observait et commentait la nouvelle passion amoureuse du roi, ce vert galant que n'arrêtaient ni l'âge du monarque, ni l'attention goguenarde que les jeunes courtisans accordaient au « vieux » roi, amoureux passionné une nouvelle fois.

Et certains d'ajouter que ce serait la dernière passion de Sa Majesté. Mais rien ne pouvait en ces demains briser les élans du roi.

Seul le goût immodéré et quasi quotidien de la chasse pouvait détourner Henri IV de cette chasse à courre particulière à laquelle il s'abandonnait – comme l'avaient fait tous les rois de France.

Il s'agissait des femmes de tout âge, que les familles de courtisans poussaient dans la cour pour qu'elles séduisent le roi, et en tirent de grands profits.

Henri IV n'était pas dupe des stratégies familiales. Mais il ne craignait que les maladies vénériennes qui, selon certains médecins de la cour, conduisaient à un délabrement du corps du roi, et sa mort prochaine. Henri IV ne renonçait cependant pas à ces plaisirs, alors qu'il n'était plus selon certains qu'un « barbon » !

Sa liaison avec Gabrielle d'Estrées ne fut interrompue le 10 avril 1599 que par la mort de la jeune femme.

Mais le 17 décembre 1600, il épousait Marie de Médicis.

Et en 1609, la liaison qu'il eut avec Charlotte de Montmorency montra à toute la cour que le roi ne renonçait à rien.

Et peu lui importait qu'un envoyé du duc de Toscane s'en aille en répétant : « On n'a jamais rien vu qui ressemble à un bordel plus que cette cour. »

Et qu'un chroniqueur, Pierre de L'Estoile, avertisse les émissaires étrangers « qu'à la cour on ne parle que de duels, puteries et maquerellages », que « le jeu et le blasphème y sont en crédit ».

Henri IV avait trop de désir, un goût trop immodéré pour la chasse, une trop grande tentation de l'exploit pour prêter attention aux commérages d'un chroniqueur ou aux propos d'un ambassadeur.

Mais il était aussi trop lucide pour ne pas penser à ce qui attend tout homme et à quoi personne n'échappe.

Il lui arrivait, tout à coup, de fermer les yeux, le visage grave, et de dire aux quelques compagnons en qui il avait confiance :

« Vous êtes plus heureux que moi, je voudrais être mort ! »

46.

Henri IV a posé sa main ouverte sur la copie du rapport que l'ambassadeur de Toscane a fait porter ce matin pour Florence.

Henri IV a lu la première phrase et a aussitôt fermé les yeux.

L'ambassadeur a écrit, recopié :

« Le roi a quarante-sept ans et en paraît soixante. »

Henri IV se lève, reste quelques minutes campé devant le miroir qui occupe toute une cloison de l'antichambre de son bureau. Il rouvre les yeux, relit les premiers mots :

« Le roi a quarante-sept ans et en paraît soixante. »

Il ressemble à ces paysans qui peuplent les fermes, les villages, la campagne. Deux sillons divisent leur visage. Traits creusés, barbe ébouriffée et blanche, et ces rides qui rayent le front.

Quarante-sept ans !

Le roi a souvent surpris l'étonnement insistant des étrangers, des Gascons qui, venus de leur province, imaginaient un roi d'une vitalité juvénile.

Et il est vrai qu'Henri IV court le gibier féminin. Mais ce n'est qu'apparence.

Sa barbe est blanche, il se tient voûté comme un paysan au dos brisé par le travail, et la poitrine creusée par la faim !

Et les femmes ?

Gabrielle d'Estrées est morte le 10 avril 1599. Et en la veillant le dernier jour d'agonie, Henri IV a deviné que Gabrielle ne l'aimait plus, qu'elle avait, elle aussi, essayé de tirer parti de l'amour du roi. Et il lui a versé des centaines de milliers de livres.

Elle lui a donné un fils, un bâtard certes, mais c'est un fils qui porte le nom de César.

Gabrielle a également joué sa partie.

Les lettres d'amour qu'il lui a écrites, que sont-elles devenues ? Celles de Gabrielle sont là, retranscrites par l'ambassadeur de Venise auprès de qui elle se confie !

« Le roi oublie bientôt ses maîtresses lorsqu'il est séparé d'elles, explique Gabrielle à l'ambassadeur. Quant à moi, étant bien instruite de ce danger, je connais le moyen de l'éviter. J'aime mieux, en me tenant assidûment auprès du prince, faire comme la lune qui, en conjonction avec le soleil, l'éclipse toujours sans cependant perdre rien de sa propre lumière, que m'écartant de lui, demeurer moi-même éclipsée au sein de l'ombre. »

Et elle a décidé de suivre pas à pas le roi, de rester dans son regard. L'attention a cependant été sans effet, Gabrielle est morte.

Mais Henri IV allait se remarier – avec Marie de Médicis.

Il venait de prendre cette décision, et en même temps il entourait une jeune femme de vingt ans, Henriette d'Entragues, qui traitait ses affaires d'amour comme une négociation entre diplomates !

Henriette se dérobait chaque fois que le roi la pressait de trouver un mari complaisant, auquel on offrirait cent mille écus…

De l'autre main, Henri se marierait avec Marie de Médicis. Gabrielle d'Estrées, elle, était emportée par la maladie. Restaient à conclure les arrangements, avec Henriette d'Entragues d'une part et Marie de Médicis d'autre part.

Les deux femmes, la reine et la maîtresse, furent l'une et l'autre des femmes prolifiques. Henri IV devint rapidement père et se félicita de cette attention de Dieu.

Restaient les odeurs que dégageait le corps d'Henri IV.

Chacune des deux femmes – et celles qui avaient précédé – dut s'accoutumer à cette particularité extrêmement repoussante.

Henri IV veut conclure au plus tôt son mariage.

Les deux époux se rencontrent à Lyon, et ni l'un ni l'autre ne parle la langue de son conjoint.

Marie de Médicis paraît gênée, le roi ayant exprimé son intention de rester seul avec Marie sans attendre.

Marie tente de résister.

« La reine eut un mouvement de recul disant qu'il convenait d'attendre l'arrivée du légat pour bénir tout d'abord leurs noces. Mais on dit que Sa Majesté tira d'une sacoche une lettre ou bref de Sa Sainteté où il était dit qu'il n'était besoin d'autres cérémonies que de celles qui avaient eu lieu à Florence.

« Quand la reine vit la résolution du roi, elle fut prise d'une telle peur qu'elle devint froide comme glace, et qu'après l'avoir portée au lit, on ne parvenait pas à la réchauffer avec des linges bien chauds. »

Quand la reine coucha avec lui pour la première fois, quelque bien garnie qu'elle fût d'essences de son pays, elle ne laissa d'en être terriblement parfumée.

Le roi, pensant faire le bon compagnon, disait :

« Je tiens de mon père, moi, je sens le gousset. »

47.

Henri se soucie peu des « odeurs » dont il imprègne le lit nuptial.

Il se fait même gloire de ce désagrément. « Dégoût » est excessif, mais la manière dont les femmes conquises se donnant au roi se couchent, puis échappent à une nouvelle et odorante étreinte, laisse penser que le mot – dégoût – a dû hanter l'esprit des maîtresses d'Henri IV.

Il s'en fait même gloire, défiant épouse et maîtresses, répétant : « Je tiens de mon père, moi, je sens le gousset. »

Et dans la lettre qu'il adresse à Marie de Médicis qui s'apprête à quitter Florence pour rejoindre son époux, il lui donne ce conseil d'homme aguerri :

« Ma femme, aimez-moi bien, et ce faisant vous serez la plus heureuse des femmes. »

Mais ces défis et ces précautions dont il fait part à « ses femmes », tous ceux – ses compagnons huguenots, les membres de ses conseils – qui le côtoient depuis des décennies et l'ont vu mener les guerres, survivre face aux tueurs de l'amiral de Coligny ou d'Henri III, ne peuvent croire qu'il va confiner son règne à la chasse aux corps des jeunes femmes ou des grands cerfs !

Il est le roi du plus grand royaume de l'Europe chrétienne, et il devrait se comporter comme un gentilhomme se préparant à participer à l'un des bals que donne Marie de Médicis ? Ou bien à séduire une jeune beauté du corps de ballet de Marie de Médicis ?

Henri prend ce plaisir-là, mais ce n'est qu'un divertissement. Un roi de France et de Navarre a d'autres ambitions.

C'est l'évidence. Il veut mener une grande politique, à la dimension de ce qu'est redevenue la France.

Il ne s'attarde pas à conserver la Navarre. Elle n'est plus à la taille de la France.

Il agit de même avec le duc de Savoie, Charles-Emmanuel, qui n'est à ses yeux – et il le lui dit face à face – qu'un « remuant et un brouillon ». Il lui déclare la guerre le 10 août 1600. Le duc de Savoie est contraint de négocier tant l'armée française est puissante, comparée aux forces piémontaises[1].

Le plus important n'est pas représenté par les territoires devenus français (Bresse, Bugey, Valromey), et toute la rivière du Rhône dès la sortie de Genève sera du royaume de France.

Le changement diplomatique tient au fait que, vainqueur, Henri IV abandonne aux Habsbourg toute l'Italie du Nord.

1. Traité de Lyon, 17 janvier 1601.

« Il était raisonnable que, dit-il aux délégués du Bugey, puisque vous parlez français, vous soyez sujets à un roi de France. Je veux bien que la langue espagnole demeure à l'Espagnol, l'allemande à l'Allemand, mais toute la française doit être à moi. »

Mais à écouter Henri IV, à le voir veiller sur l'armée, on ne peut douter qu'il prépare une grande entreprise. Et pour cela il faut renforcer militairement le royaume. On fortifie ses frontières, on multiplie les canons, on forme les officiers, on construit des casernements, on se pourvoit en cartes, et l'on crée des ponts et des routes.

Quant à savoir comment faire la guerre, Henri répond à l'ambassadeur d'Espagne qui évoque la nécessité de faire à la France, si elle persiste dans ses intentions, la guerre en lion, la France la conduisant en renard :

« Si le roi d'Espagne fait la guerre en bête, répond Henri IV, je la ferai en homme et non en bête, et je saurai encore mieux assommer les bêtes que je n'ai châtié les hommes. »

Mais la guerre, parce qu'elle est affaire d'hommes, est aussi – d'abord – affaire d'alliés !

Henri IV et Sully se tournent vers l'Angleterre, dont la reine Élisabeth meurt le 24 mars 1603.

Henri IV est affecté. Il écrit à Sully :

« Mon ami,

« J'ai eu avis de la mort de ma bonne sœur la reine d'Angleterre, qui m'aimait si cordialement et à laquelle j'avais tant d'obligation.

207

« Or, comme ses vertus étaient grandes et admirables, aussi est inestimable la perte que moi et tous les bons Français y avons faite, car elle était ennemie irréconciliable de nos irréconciliables ennemis, et tant généreuse et judicieuse qu'elle m'était un second moi-même en ce qui regardait la diminution de leur excessive puissance, contre laquelle nous faisions elle et moi de grands desseins, ce que vous savez aussi bien que moi, vous y ayant employé. »

Henri ne dissimule rien de ce « grand dessein » élargi encore par l'alliance entre la France et les Provinces-Unies.

Et Henri IV lance ses navires vers les colonies anglaises d'Amérique. Ce sont les Français qui fondent Québec en 1601 et entreprennent l'exploration du Canada, avant de « descendre » par les grands fleuves vers le sud de l'Amérique du Nord.

Mais ce qui fait le « grand dessein », ce ne sont pas les explorations, les implantations, mais l'ambition d'Henri IV et de Sully d'attaquer l'Empire espagnol aux Pays-Bas et d'installer la puissance du roi de France en Europe.

Sully analyse d'abord les raisons de la chute de l'Empire romain :

« Le déclin et la décadence de ce formidable Empire romain étant survenus et provenus, premièrement du mépris des antiques lois, observations et vertus qui l'avaient établi, et du superlatif excès des vices, et de l'avarice, luxe et ambition des plus valeureux et autorisés des siens, qui se sont entre-déchirés les uns les autres ; et ensuite par la corruption des mœurs de leurs peuples, et le ravage de certaines nations auparavant quasi inconnues dans le monde, lesquelles firent trembler leur Rome, qu'ils qualifiaient la reine des cités, voire l'invincible et l'éternelle. »

Le but étant de recréer l'unité de la chrétienté… de « former un corps commun de république chrétienne, toujours pacifique dans elle-même, qui soit composée de tous les États, royaumes, républiques et seigneuries, faisant profession du nom de Jésus-Christ ».

Sully, quand il médite sur ce grand dessein, qu'il dessine les institutions de cet ensemble d'unité chrétienne, écrit que « l'on était fort proche de l'effet, si ce brave prince n'eût été prévenu de la mort, par une sale et vilaine conspiration des malins du dehors et du dedans de son royaume, qui enviaient sa vertu, étaient jaloux de sa gloire, et appréhendaient sa valeur, ses armes et ses héroïques desseins, lesquels le firent promptement et lâchement assassiner ».

TROISIÈME PARTIE

Le panache noir

48.

Henri IV, le roi de France et de Navarre, est mort ce vendredi 14 mai 1610.

La veille, son épouse Marie de Médicis a été sacrée reine et régente.

Le chroniqueur Pierre de L'Estoile, dans ses *Mémoires*, évoque les dernières heures de vie d'Henri IV.

« La nuit de cette journée triste et funeste à la France, en laquelle Dieu, courroucé contre son peuple, nous ôta en son ire notre prince, et éteignit la lumière du plus grand roi de la terre et le meilleur, Sa Majesté ne put jamais prendre le repos, et fut en inquiétude toute la nuit ; si que le matin, s'étant levé, il dit qu'il n'avait point dormi et qu'il était tout mal fait.

« Sur quoi M. de Vendôme – César, le fils naturel d'Henri IV – prit occasion de supplier Sa Majesté de se vouloir bien garder ce jour, auquel on disait qu'il ne devait point sortir, pour ce qu'il lui était fatal.

« "Je vois bien, répondit le roi à Vendôme, que vous avez consulté l'almanach." »

Ces rumeurs se répandent dans la matinée.

On les chuchote, les amplifie, les conteste.

Mais elles révèlent l'inquiétude et même l'angoisse diffuse qui s'est emparée des courtisans, des huguenots.

On croit que la guerre est proche contre les États qui ont mené le combat contre les protestants.

Et la France est prise dans cette contradiction.

Henri IV est désormais catholique depuis son ultime conversion. Il se rend plusieurs fois auprès des armées dont presque tous les chefs sont des huguenots.

Ce fait révolte les princes et seigneurs catholiques qui ne croient pas à la sincérité d'Henri IV.

« De fait, Sa Majesté alla ouïr la messe aux Feuillants, où ce misérable Ravaillac le suivit avec l'intention de le tuer, et a confessé depuis que, sans la venue de M. de Vendôme qui l'en empêcha, il eût fait son coup là-dedans.

« Fut remarqué que le roi avait beaucoup plus de dévotion que de coutume, et plus longuement se recommanda à Dieu ce jour même.

« Même la nuit qu'on pensait qu'il dormait, on le vit sur son lit à deux genoux qui priait Dieu ; et dès qu'il fut levé, s'étant retiré pour cet effet en son cabinet, pour ce qu'on voyait qu'il y demeurait plus longtemps qu'il n'avait accoutumé, fut interrompu. De quoi il se fâcha et dit ces mots : "Ces gens empêcheront-ils toujours mon bien ?"

« Grâce singulière et particulière de Dieu, qui semblait comme avertir son oint sur sa fin fort proche :

chose qui n'advient guère qu'à ceux que Notre-Seigneur aime. »

Atmosphère troublée. Il n'y a pas de certitude. On sent bien que la « paix intérieure » du royaume n'est encore qu'une façade, que les huguenots dans l'entourage d'Henri IV n'ont que peu confiance en les anciens ligueurs.

Et on n'oublie pas les intentions prêtées au roi de faire la guerre et on évoque la longue période des guerres de religion et, pour la France, la guerre civile, la Saint-Barthélemy.

On ne se soucie pas de ce qui se passe dans la rue de la Ferronnerie et on ne remarque pas qu'un homme d'une trentaine d'années suit le carrosse.

Il a les cheveux roux, porte le pourpoint vert des Flamands.

C'est Ravaillac qui a passé sa matinée devant les guichets du Louvre, à guetter les carrosses, espérant voir surgir celui du roi.

49.

Ravaillac se redresse, quitte la borne sur laquelle il était assis à l'entrée de l'un des guichets du Louvre.

Il a cru une dizaine de fois que ce carrosse qui empruntait le passage était celui du roi, et il a été chaque fois déçu. Tout à coup son cœur éclate : ce carrosse richement décoré, ce ne peut être que celui de Sa Majesté roi de France et de Navarre.

Le carrosse avance au pas.
Ravaillac le suit à quelques pas. Et il entend la conversation entre le cocher et l'écuyer.
« Le cocher fit demander par l'écuyer qui était en service où il irait et le roi répondit : "Mettez-moi hors de céans."
« Étant sous la voûte de la première porte, il fit ouvrir le carrosse de tous côtés.
« Quand il fut devant l'hôtel de Longueville, il renvoya tous ceux qui le suivaient. On lui demanda encore une fois où irait le carrosse, il dit : "À la Croix-du-Trahoir", et quand il y fut il dit : "Allons au cimetière des Innocents." »

Ravaillac accélère, dépasse le carrosse qui avance lentement, car les rues sont encombrées par les charrettes, les livreurs, les ouvriers qui s'affairent devant une grande demeure en construction.

Ravaillac sait, pour avoir entendu l'écuyer la donner au cocher, la destination du roi, ce cimetière des Innocents.

Le trajet que le carrosse doit suivre, la rue de la Ferronnerie notamment, qui est toujours empruntée, obligeant les voitures à s'arrêter plusieurs fois pour permettre aux charrettes de décharger leurs livraisons – tonneaux, légumes, sacs de sable, pierres taillées.

Là, dans cette rue de la Ferronnerie, quand même les carrosses – et donc aussi celui du roi – sont contraints de s'arrêter, Ravaillac sait qu'une occasion peut se présenter.

Là il frappera le roi en s'agrippant au carrosse.

Là, si Dieu le veut.

Henri IV est assis à côté du duc de Montbazon. Il a le bras gauche sur l'épaule de Montbazon, et le bras droit sur le col du duc d'Épernon.

C'est une scène familière. Ravaillac reconnaît le duc d'Épernon qui a été le gouverneur d'Angoulême.

Il n'y a personne entre la chaussée et le carrosse. Les passants se sont écartés pour laisser le carrosse avancer.

Un valet de pied, qui se tient habituellement au flanc du carrosse, s'est arrêté pour remettre sa jarretière.

Ravaillac bondit. Un pied sur le rayon de la roue du carrosse, l'autre sur le marchepied.

Ravaillac a sorti son couteau et frappe trois coups violents. Deux s'enfoncent entre la seconde et la troisième côte de la largeur d'un doigt. Un troisième coup déchire seulement la manche du pourpoint sur lequel le sang royal se répand.

Des cris, l'affolement, les gens qui s'agglutinent, qui crient que le roi est mort. Et les hurlements redoublent.

Le duc d'Épernon s'interpose pour que les gentilshommes ne tuent pas Ravaillac. D'Épernon arrache le couteau de la main de Ravaillac. On frappe le régicide, on le remet aux valets de pied.

« La confusion était si grande que, si ce monstre eût jeté son couteau à terre, on ne l'eût pas connu à l'étonnement, car il était commun, ni à la pâleur du visage, car il confessa qu'il donna dans le corps du roi comme dans une botte de foin.

À cet instant, le diable lui ôta toutes sortes d'appréhensions, de respect et de jugement[1]. »

Le carrosse fait demi-tour et rentre au Louvre.
Le roi est mort.

1. Pierre Matthieu, *Histoire de la mort d'Henri IV*, 1610.

50.

À l'entrée de la cour du Louvre, on crie, espérant le voir survivre : « Au vin et au chirurgien. »

Certains témoins affirment que, porté sur son lit du petit cabinet, le roi a ouvert les yeux par trois fois, répondant à son premier médecin qui lui répète :
« Sire, souvenez-vous de Dieu, dites en votre cœur : Jésus, fils de David, souvenez-vous de moi... »

Un témoin, Pierre Matthieu, ne réussit pas à détacher ses yeux du corps du roi :
« Quoique, écrit-il, je visse sa chemise sanglante, sa poitrine enflée de l'abondance de sang, son front commençant à jaunir, ses yeux fermés, sa bouche ouverte, la croix de son ordre dessus, il me semblait que c'était illusion ; mon imagination contredisait mes yeux, ne me pouvant figurer de voir mort celui qui une heure auparavant ne parlait que de combattre, de vaincre et de triompher. »

La foule parisienne s'agglutine devant les entrées du Louvre. Mais point de manifestation.

La tempête se lèvera quand paraîtra Ravaillac. Le peuple veut faire justice lui-même, sans attendre le procès, le jugement.

De la foule monte seulement l'exigence d'infliger au régicide un châtiment, des supplices que personne n'oubliera.

Quel que soit le quartier où l'on passe, « les boutiques se ferment, chacun se lamente et pleure. On crie de douleur maintenant. Grands et petits, jeunes et vieux, les femmes et filles s'en prennent aux cheveux. Et cependant tout le monde se tient coi. Au lieu de courir aux armes, on court aux prières et aux vœux pour la santé et prospérité du roi qu'on ne croyait encore que blessé. Et toute la fureur du peuple n'est tournée que contre ce parricide scélérat et ses complices pour en avoir et poursuivre la vengeance ».

Les ambassadeurs, dans leurs rapports et les dépêches qu'ils adressent à leurs autorités – du pape au doge de Venise, de Madrid à Genève… –, soulignent tous la tristesse des sujets du défunt roi.

Les gentilshommes, les princes, les seigneurs, tous ceux qui ont côtoyé Henri IV, combattu à ses côtés, partagé ses passions s'interrogent : est-il possible qu'un homme seul – ce Ravaillac – fût capable de tendre un guet-apens au roi, réussissant à le tuer ? Tous les proches du défunt roi en doutent.

Henri IV, par les engagements qu'il a pris – contre les catholiques de la Ligue, contre l'empereur germanique, le roi d'Espagne, etc. –, est devenu la cible de tous les adversaires de la France.

Et qui pouvait lui pardonner – et comprendre – ses conversions (catholique, huguenot, catholique, huguenot) ? Et maintenant – c'était sans doute là son grand dessein – il s'apprêtait à porter la guerre hors des frontières du royaume.

Mais, plus profond que l'attachement au roi politique, au signataire de l'édit de Nantes, à la politique de tolérance, il y avait un attachement à l'homme avec sa démesure, ses habiletés, sa volonté d'administrer une saine justice.

On l'aimait ! Voilà le nœud !

Son épouse Marie de Médicis pleura le feu roi durant neuf nuits ! Le Dauphin Louis – seulement âgé de huit ans –, le futur Louis XIII, s'écrie :

« Je voudrais n'être point roi et que mon frère le fût plutôt, car j'ai peur qu'on me tue comme on a fait le roi mon père. »

Le frère du Dauphin Louis, Gaston d'Orléans, est si fort touché de cette perte qu'il veut se tuer, demande pour ce faire un poignard, criant qu'il ne veut point survivre à son papa.

Mais le besoin de vengeance, d'un châtiment exemplaire supplante bientôt les autres.

La reine, Marie de Médicis, dit que s'est présenté un boucher de sa connaissance pour écorcher tout vif ce misérable, promettant de le faire durer longtemps et « de lui réserver assez de forces après qu'il serait dépouillé de sa peau pour endurer le supplice » !

51.

Le temps du bourreau se préparait, précédé d'un interrogatoire de Ravaillac.

Mais il fallait d'abord « introniser » le Dauphin Louis devenu roi.

Le 15 mai, comparaissent Louis, revêtu d'un habit violet « séant en son lit de justice », et sa mère, couverte d'un grand crêpe noir, devant le Parlement.

Le chancelier de France prend la parole et déclare, « parce qu'il est roi, sa mère régente en France pour avoir soin de l'éducation, de la nourriture de sa personne, et de l'administration des affaires de son royaume pendant son bas âge ».

Marie de Médicis, quelques instants plus tard, étouffant un sanglot, murmure :

« Hélas le roi est mort ! »

Ce à quoi répond le chancelier Brulart de Sillery :

« Votre Majesté m'excusera, les rois ne meurent pas en France. »

Pendant les trois jours durant lesquels s'organisèrent, se déployèrent les funérailles du roi, ce fut bien conformément au rituel un « roi vivant » qui prit la place du défunt.

On avait confectionné une effigie d'Henri IV.

On lui servait deux repas par jour. Et ce rituel de repas eut lieu jusqu'au 29 juin.

Les cours souveraines vinrent au Louvre s'incliner devant l'effigie du roi.

Le mardi 29 juin, le cercueil fut placé à Notre-Dame ; et le lendemain, le mercredi 30 juin, à Saint-Denis, c'est dans la basilique toute tendue de noir qu'on prononça les paroles rituelles.

Monseigneur le comte de Saint-Pol dit à « moyenne voix » :

— Le roi est mort.

Puis le roi d'armes, du milieu du chœur, dit :

— Le roi est mort, priez tous Dieu pour son âme.

Enfin on retira le bâton de grand maître de la fosse et le roi d'armes dit trois fois à haute voix :

— Vive le roi Louis XIIIe de ce nom, par la grâce de Dieu, roi de France et de Navarre, Très-Chrétien ; notre souverain seigneur et bon maître, auquel Dieu donne très heureuse et très longue vie.

Alors se mirent à sonner les trompettes, tambours, hautbois et fifres du roi.

52.

Les 17, 18 et 19 mai 1610, dans la prison de la Conciergerie dans le palais de la Cité, on interroge Ravaillac.

Ravaillac écoute les questions puis grimace, désinvolte, provocateur, comme si le procès qui s'ouvre ne le concernait pas.
Les juges l'observent, multiplient les questions.
Ravaillac a des gestes, des sourires moqueurs.
— Qui m'a inspiré ? répète-t-il. C'est Dieu ou le diable.
Puis Ravaillac se redresse, répond :
— J'ai toujours agi seul !

Le 27 mai, Ravaillac est à genoux, tête baissée.
Le verdict est sans appel.
« La cour déclare ledit Ravaillac dûment atteint et convaincu du crime de lèse-majesté divine et humaine au premier chef, pour le très méchant, très abominable et très détestable parricide commis en la personne du feu roi Henri IV de très bonne et louable mémoire... »

On dresse la liste des supplices qui vont être infligés à Ravaillac.

Tenaillement : sur les plaies ainsi ouvertes, on fait couler plomb fondu, huile bouillante, poix, résine bouillante, cire et soufre fondus ensemble.

Brodequins : on fait éclater les genoux en les serrant.

Hors du palais de la Cité, c'est l'émeute de la foule.

On n'entend que cris et hurlements, malédictions.

« Vengeance ! Vengeance ! » Il faut écorcher, écarteler, brûler Ravaillac.

Tout à coup on crie que Ravaillac est à Notre-Dame, et qu'il sera ensuite supplicié place de Grève.

Place de Grève.

On couche Ravaillac sur l'échafaud, on attache les quatre chevaux aux mains et aux pieds du régicide.

On brûle la main droite de Ravaillac, après l'avoir percée.

On lui arrache la chair avec des tenailles brûlantes.

On fouette les chevaux qui se cabrent, hennissent, désarticulent les membres de Ravaillac auxquels ils sont attachés.

Le bourreau veut, avec sa hache, tailler les derniers liens.

La foule hurle, se précipite, arrache des morceaux de peau, se les dispute, met le feu à de la chair, à des débris d'os ; on traîne ce qui reste de Ravaillac dans les différents quartiers de Paris.

« On vit une femme qui, d'une vengeance étrange, planta les ongles puis les dents en cette parricide chair. »

Ainsi devint le corps de Jean-François Ravaillac.

Il ne restait que de misérables reliques que le peuple traînait par la ville.

Repères chronologiques

13 décembre 1553, **naissance d'Henri de Navarre** à Pau : héritier de la famille Bourbon, fils de Jeanne d'Albret et d'Antoine de Bourbon, « prince de sang de France ».

18 août 1572, **mariage d'Henri de Navarre avec Marguerite de Valois** (dite la reine Margot) pour réconcilier protestants et catholiques en pleine guerre de religion.

23-24 août 1572, **nuit de la Saint-Barthélemy** : les catholiques de la Ligue du duc de Guise déclenchent le massacre des protestants de la ville.

26 novembre 1580, **paix de Fleix** : le duc d'Anjou et Henri de Navarre signent un traité mettant fin à la septième guerre de religion grâce au concours de la reine Margot.

12 mai 1588, **journée des Barricades** : insurrection des Parisiens ralliés à la Ligue catholique d'Henri de Guise et confrontation avec les forces du roi Henri III. Les Parisiens élèvent des barricades et le roi fuit Paris, rompant avec la Ligue en rejoignant Henri de Navarre.

1er août 1589, **tentative d'assassinat du roi Henri III** : le moine dominicain ligueur Jacques Clément poignarde Henri III dans le ventre avec une dague dissimulée sous son habit avant d'être mis à mort par la garde royale. **Le roi agonise et finit par reconnaître, au bord de la mort, Henri de Navarre, désormais futur Henri IV, comme successeur légitime du trône.**

2 août 1589, **mort d'Henri III.**

14 mars 1590, **bataille d'Ivry** : Henri IV remporte la victoire face aux ligueurs catholiques. « Ralliez-vous à mon panache blanc, vous le trouverez toujours au chemin de la victoire et de l'honneur ! », s'exclame-t-il.

25 juillet 1593, **conversion d'Henri de Navarre** : l'héritier abjure sa foi protestante et se convertit au catholicisme devant l'archevêque de Bourges. « Paris vaut bien une messe ! »

27 février 1594, **sacre d'Henri IV** : Reims étant occupé par les Guises, c'est à la cathédrale de Chartres qu'Henri de Navarre devient Henri IV, roi de France et de Navarre.

18 janvier 1595, **Henri IV déclare la guerre à l'Espagne** : les ligueurs refusent de se soumettre à l'autorité du roi et demandent l'aide des Espagnols de Philippe II.

18 septembre 1595, **le pape Clément VIII accorde l'absolution à Henri IV** : l'Église le reconnaît comme roi de France.

Septembre 1597, **les armées françaises repoussent les troupes venues des Pays-Bas espagnols à Amiens et reprennent la ville**, occupée depuis le mois de mars.

Début 1598, **Henri IV reprend la Bretagne**, laissée sans défense par le gouverneur et duc de Mercœur, qui refuse de reconnaître le nouveau souverain.

13 avril 1598, **édit de Nantes** : Henri IV signe avec les émissaires protestants un édit garantissant la liberté de conscience et l'égalité civile pour les protestants, désormais libres d'exercer leur culte dans de nombreux villages et villes de France.

Mai 1598, **traité de Vervins et fin de la guerre d'Espagne** : Philippe II et Henri IV signent la restitution des territoires pris pendant le conflit et l'abandon des prétentions françaises pour la Flandre et l'Artois. Toutefois, la partie du traité concernant la Savoie ne satisfait pas son duc, déclenchant un nouveau conflit.

1599-1600, **Henri IV répudie la reine Margot, avec qui il n'arrive pas à concevoir un héritier, et épouse Marie de Médicis, fille du grand-duc de Toscane et de l'archiduchesse d'Autriche** : ils donneront naissance à Louis XIII en 1601.

17 janvier 1601, **traité de Lyon** : fin de la guerre entre la France et la Savoie, Henri IV obtient de nouveaux territoires.

14 mai 1610, **Ravaillac assassine Henri IV** : un catholique fanatique poignarde le roi rue de la Ferronnerie, laissant Marie de Médicis aux commandes du pouvoir en tant que régente dans l'attente du couronnement de Louis XIII.

TABLE DES MATIÈRES

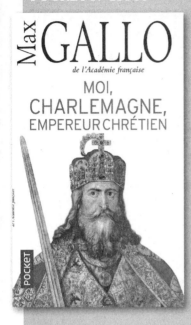

Max **GALLO**
de l'Académie française

MOI,
CHARLEMAGNE,
EMPEREUR CHRÉTIEN

POCKET

« *Un portrait infiniment humain du grand empereur chrétien.* »
Catherine Lalanne, Pèlerin

Max GALLO
MOI, CHARLEMAGNE, EMPEREUR CHRÉTIEN

Au moment de remettre son âme entre les mains du Seigneur, Charlemagne n'éprouve ni peur, ni doute, ni anxiété. Tout au long de son règne, le roi des Francs a été le fervent défenseur de la sainte Église, et a converti à la foi tous les peuples qu'il a vaincus. C'est avec soin qu'il prépare sa comparution devant Dieu, confiant les principaux actes de sa vie à un jeune et talentueux lettré, Éginhard.
Le portrait d'un conquérant implacable mais aussi d'un fin réformateur, amoureux des arts, des lettres et des femmes.

Retrouvez toute l'actualité de Pocket sur :
www.pocket.fr

Composition et mise en pages
Nord Compo à Villeneuve-d'Ascq

Imprimé en France par CPI
en avril 2018
N° d'impression : 3027689

POCKET – 12, avenue d'Italie – 75627 Paris Cedex 13

S27985/01